Cahiers Spiritual'été

Les runes

LYRA CEOLTÓIR

ALLIANCE MAGIQUE ÉDITIONS

Éditions Alliance Magique

10, rue de Vidailhan
31130 Balma
FRANCE

https://www.alliance-magique.com

Retrouvez-nous sur les réseaux sociaux

Facebook @Alliance.Magique
Twitter @AllianceMagique
Instagram @alliancemagique

Crédits :

Direction éditoriale : Arnaud Thuly
Sous la direction de : Laura Garuet-Lempirou
Création graphique : Anaïs Cousinou
Mise en page/maquette : Pauline Riché
Correction : Éloïse Rusch, Anne-Laure Lajous
Illustrations couverture : Stéphanie Gras ; iStock/rungrote ; iStock/Anna_zabella

Un label du groupe Alliance Magique
ISBN : 978-2-36736-072-0
Dépôt légal : 2e trimestre 2021

Sommaire

Avertissement

Les runes ont reçu bien des noms au fil du temps, des peuples et des langues qui en ont fait usage. Pour cette raison, elles sont parfois nommées différemment en fonction des ouvrages qui en font l'étude. Certains pratiquants, moi y compris, leur donnent même des noms issus de racines différentes, en fonction de la manière dont elles résonnent en eux ! Pour vous y retrouver, voici un petit récapitulatif :

	Proto-germanique	Vieux norrois	Vieil anglais
ᚠ	Fehu	Fé	Feoh
ᚢ	Ūruz (parfois Ūram)	Úr	Ur
ᚦ	Þurisaz	Þurs	Þorn
ᚨ	Ansuz	Óss	Ás (parfois Ós)
ᚱ	Raidō	Reið	Rad
ᚲ	Kaunaz (parfois Kaunan ou Kenaz)	Cen	Ken
ᚷ	Gebō	*inexistante*	Gyfu
ᚹ	Wunjō	*inexistante*	Wynn
ᚺ	Hagalaz	Hagall	Hægl
ᚾ	Naudiz	Nauðr	Nyð
ᛁ	Īsaz	Isa	Is
ᛃ	Jēra (parfois Jēran)	Ār	Gēr
ᛇ	Ēhaz, Eihwaz ou Īhwaz	*inexistante*	Ēoh
ᛈ	Perþō	*inexistante*	Peorð ou Peorth
ᛉ	Algiz ou Elhaz	Yr	Eolh
ᛊ	Sōwilō	Sól	Sigel

↑	Tīwaz	Týr	Tir
ᛒ	Berkanan, Berkana ou Berkanō	Bjarken	Beorc
ᛖ	Ehwaz	*inexistante*	Eoh ou Eh
ᛗ	Mannaz	Maðr	Man
ᛚ	Laguz	Lögr	Lagu
◇	Ingwaz	*inexistante*	Ing
⋈	Dagaz	*inexistante*	Dæg
ᛟ	Ōþalan (ou Ōthalan)	*inexistante*	Ēðel

Les noms colorés correspondent à ceux que j'emploie et que vous retrouverez dans ce cahier de vacances, mais sentez-vous libre de les appeler par un de leurs autres noms si cela vous convient davantage.

Pour respecter au maximum leur prononciation et leurs racines étymologiques, j'ai choisi d'employer les caractères et accents de l'alphabet scandinave encore employé de nos jours. Vous devez les prononcer comme suit :

à → [ɑ] de p**â**te

e → [ɛ] de cr**ê**te

ó → [o] de p**o**t

u → [u] de p**ou**

ú → [u:] de m**oue**

y → [y] de n**u**

ý → [y:] de d**u**re

æ → [æ:] de m**è**re

œ → [ø:] de cr**eu**se

ö → [ɔ] de l'anglais n**o**t

ø → [ø] de p**eu**

au → [au] de R**aou**l

ei → [ɛj] de merv**eille**

ey → [ey] de r**éu**ssir

ð → [ð] de l'anglais *th*is ou *th*e

þ → [θ] de l'anglais *th*ink ou *th*ree

f → [f] de **f**il en début de mot, [v] de **v**alise en milieu de mot

g → [g] de **g**affe

h → [h] de l'anglais **h**ello

j → [j] de **y**eux

s → [s] de **s**ouris

Chapitre 1

Que sont les runes ?

Apparue un peu partout dans les pays germaniques aux alentours de l'an 200, cette suite de signes que l'on appelle aussi le ***Fuþark*** (ou *Futhark*, transcription phonétique de ses six premiers signes) n'est ni plus ni moins qu'un **alphabet**. Si on les retrouve d'abord sur des objets, notamment des bijoux, des armes, des outils, des poteries et des pièces d'armures, elles sont également fréquentes sur les stèles, des pierres levées commémoratives très populaires dans la région de l'actuelle Norvège, dès le IVe siècle.

Un alphabet mystérieux

Contrairement à une idée largement répandue, les runes ne sont sans doute pas scandinaves, à l'origine, mais germaniques. La thèse actuelle penche du côté d'une dérive des alphabets nord-italiques, zones très fréquentées par les germains dès le Ier siècle de notre ère. Elles auraient simplement été adaptées dans leur forme de façon à les rendre plus faciles à graver (les lignes droites et les angles s'y prêtant bien plus que les courbes et les formes arrondies). L'étymologie du mot « rune » est incertaine (leur racine indo-européenne est encore inconnue), même si on évoque souvent la racine proto-celtique (que l'on retrouve en proto-germanique) rūno (« secret », « mystère », « savoir secret », sous-entendu « magique »). C'est la raison pour laquelle de nombreux messages runiques n'ont pas d'autre fonction que leur rôle littéraire, en particulier poétique. Leur complexité et leur adaptation phonétique trahit ainsi une grande richesse culturelle chez une ethnie, les fameux vikings, que les clichés présentent trop souvent comme des guerriers barbares assoiffés de sang.

Très populaires, les runes se diffusèrent rapidement, et partout dans le Nord. L'archéologie a ainsi retrouvé 500 messages runiques au Danemark, 750 en Norvège, plus de 3 000 en Suède, et pas moins de 300 croix gravées de runes dans les îles Orcades et sur l'île de Man[1]. Ces messages avaient des fonctions très diverses, en plus de la commémoration : comptes-rendus d'expéditions, données géographiques, vie quotidienne, religion (païenne d'abord, puis chrétienne), textes de lois, règles de conduite et de bienséance... et, naturellement, comme toute « science » accessible seulement à une élite (ceux qui savent les lire et les écrire), magie et sorcellerie !

1. BOYER (Régis), *Les Vikings*, coll. « Tempus », éditions Perrin, Paris, 2004.

1 - Que sont les runes ?

Le saviez-vous ?

On date généralement l'établissement du Fuþark dans sa première version, à 24 signes (la plus célèbre, que nous découvrirons ici) entre la fin du IVe siècle (on en trouve des balbutiements dès la fin du IIe siècle) et le début du Ve. Cet alphabet, qui subira plusieurs mutations, sera par la suite employé dans l'ensemble de la Scandinavie jusqu'à la fin du Moyen Âge. On gravait alors sur la pierre, l'os, le métal, le bois, le cuir, les monnaies puis, après la christianisation de la Scandinavie (vers l'an mille) sur des croix, des cloches ou encore sur du parchemin et du papier. Elles furent donc, depuis leur origine jusqu'à leur abandon, un outil de communication, non seulement pour adresser des messages commémoratifs, mais aussi pour les comptes-rendus juridiques, religieux et commerciaux.

FUÞARK

Mot mystère

Trouvez les termes correspondant à chaque définition pour faire apparaître verticalement, dans les cases colorées, le titre d'un poème célèbre des *Eddas*, attribué à Oðinn lui-même :

1. Nom de l'alphabet runique à 24 signes.
2. Groupe de 8 runes.
3. « Peuple » qui utilisa largement les runes et contribua à leur développement.
4. Suite de lettres établissant un système d'écriture.
5. Pratique énergétique visant à manipuler les énergies pour obtenir un résultat tangible.
6. Zone géographique d'origine des runes.
7. Déité guerrière féminine, guide de l'âme des guerriers tombés au combat. Brynhildr en était une.

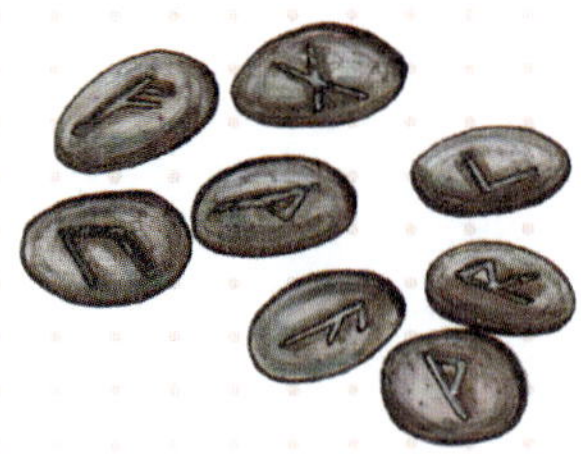

Quiz – Testez vos connaissances sur les runes et les Vikings !

1. On date souvent le début de l'ère viking à une date bien précise, le 8 juin 793. Que s'est-il passé ce jour-là ?

a. C'est la date mentionnée sur une pierre runique qui décrit la première expédition viking vers l'ouest.

b. C'est la date du raid viking sur le monastère anglais de Lindisfarne.

c. Le roi Harald III de Norvège fut couronné à Ringerike.

d. C'est la date mentionnée par un moine irlandais sur la première description historique que nous avons de ce peuple.

2. Qu'est-ce que le þing (thing) ?

a. Une cérémonie religieuse pendant laquelle les vikings offraient des sacrifices à leurs dieux.

b. Le nom norrois du mariage viking.

c. Une assemblée de citoyens pour discuter des décisions politiques et rendre la justice.

d. Le nom du bracelet que recevait chaque jeune homme à la puberté pour symboliser son entrée dans l'âge adulte.

3. Comment appelait-on les poètes scandinaves ?

- **a.** Les bardes, comme chez les celtes, puisque le mot vient de la même racine indo-européenne.
- **b.** Les scaldes
- **c.** Les skjaldmö
- **d.** Les bondr

4. Comment s'appelait le bateau typique des Vikings ?

- **a.** Le knörr
- **b.** Le drakkar
- **c.** Le caïque
- **d.** Le gungnir

5. Quelle était l'une des particularités emblématiques de certains casques vikings ?

- **a.** Ils arboraient des cimiers élaborés, souvent en forme de dragons.
- **b.** Ils arboraient des cimiers en forme de cornes.
- **c.** Ils arboraient des visières en forme de lunettes.
- **d.** Ils arboraient des protège-joues décorés au blason de leur porteur.

6. À quoi servaient souvent les inscriptions runiques ?

- **a.** À un culte d'invocation des dieux et des déités.
- **b.** À mettre par écrit les sagas et les épopées.
- **c.** À tenir les comptes pour les transactions commerciales.
- **d.** À signaler qu'Un Tel était passé par-là.

7. Pour quel usage ont été inventées les runes, à l'origine ?

- **a.** Pour la magie.
- **b.** Pour coder des messages secrets.
- **c.** Pour la divination.
- **d.** Pour l'écriture.

8. À quoi ressemblaient les montures des Vikings ?

- **a.** À des poneys de taille moyenne robustes et rustiques.
- **b.** À des pur-sangs, dont la rapidité était réputée dans le monde entier.
- **c.** À des chevaux de traits, lourds, capables de transporter sans fatiguer un homme en armes.
- **d.** À de grands chevaux solides, endurants et résistants.

9. Qui est Loki ?

- **a.** Un dieu Ase
- **b.** Un dieu Vane
- **c.** Un Jötun (géant)
- **d.** Une créature mal définie

10. Les runes sont constituées uniquement de traits droits et d'angles, sans courbes parce que...

- **a.** Les angles étaient vus comme puissants symboliquement.
- **b.** Les courbes étaient féminines et donc proscrites pour l'écriture.
- **c.** C'était plus facile à graver dans le bois ou la pierre.
- **d.** C'était un moyen de les différencier de l'alphabet latin, graphiquement proche.

Chapitre 2

Clichés et idées reçues

Le Fuþark à 24 signes[2] est composé de trois groupes (*aett*, pluriel *aettir*, « famille ») de huit runes (*átta*, « signes »). Cet alphabet connut un usage magique comme n'importe quel système permettant de consigner des données par écrit : l'écriture et la lecture étant des « sciences » réservées à une élite instruite, elles s'apparentent fréquemment à un acte de magie, occulte et ésotérique, parce qu'indéchiffrable par le commun des mortels. Et voilà nos runes passées du simple alphabet aux glyphes investis de pouvoirs !

Pas de divination !

Le dieu Oðinn gagna la science des runes au prix d'une terrible épreuve initiatique, relatée dans un poème de *L'Edda poétique*[3] : *Grímnismál*. Oðinn étant également le père de la parole et de la poésie sous toutes ses formes, on comprend que les runes pouvaient être autant sacrées que profanes.

De plus, n'en déplaise à l'usage *new age* des runes, elles n'étaient aucunement un système de divination ! Aucune source historique n'évoque cet usage, le seul document sur lequel s'appuient ses adeptes étant un ouvrage de Tacite, *La Germanie*[4], qui non seulement ne mentionne pas des runes – simplement des « signes gravés » –, mais fut écrit… en 98. Soit près d'un siècle avant l'apparition de l'alphabet runique proprement dit.

CLICHÉS
IDÉES REÇUES

---

2. Qui sera progressivement abandonné pour une version à 16 signes vers 800 ou 850, au début de l'ère viking, plus adapté à l'évolution phonétique du vieux norrois qui se produit à la même période.

3. BOYER (Régis), *L'Edda poétique*, éditions Fayard, Paris, 1992.

4. TACITE, *La Germanie*, éditions Arléa, Paris, 2009.

2 - Clichés et idées reçues

Des sources peu fiables ?

Les runes sont capitales pour comprendre l'histoire des peuples vikings, car elles constituent la seule source écrite que nous ayons (avec la poésie scaldique) qui leur soit propre et contemporaine. Toutes les autres sources littéraires sont postérieures et proviennent d'observateurs issus d'autres cultures (chrétiennes et musulmanes, essentiellement), dont l'interprétation n'est pas toujours objective : le célèbre *Edda*[5] de Snorri Sturluson, et *L'Edda poétique*, s'ils constituent des références quand on s'intéresse aux runes et à la mythologie, ont été écrits bien après l'ère viking. Le premier est l'œuvre d'un chrétien, au XIIe siècle, soit près de quatre siècles après les peuples auxquels appartenait cette mythologie, le second, une compilation et une adaptation de textes épars dont la plupart étaient eux-mêmes des traductions postérieures d'originaux perdus. De quoi s'emmêler les pinceaux. Il est donc fondamental, en abordant les runes, de faire preuve d'une grande prudence et d'un esprit critique acéré : nous touchons là à l'héritage d'une culture riche et florissante, qui doit être employé avec **respect**, en toute connaissance de cause. Utiliser les runes sans connaître la mythologie nordique ou l'histoire globale des peuples qui les enfantèrent serait une appropriation culturelle dénuée de sens, qui ne pourrait constituer une magie saine et efficace. Nous allons donc tenter ici de les intégrer le plus respectueusement possible à vos pratiques.

5. STURLUSON (Snorri), *L'Edda : Récits de mythologie nordique* de, coll. « L'aube des peuples », éditions Gallimard, Paris, 1991.

Mots croisés

Remplissez la grille suivante. Les lettres dans les cases violettes vous permettront de reconstituer, une fois mises dans le bon ordre, le nom donné aux vikings ayant fait voile vers l'Est et les pays slaves.

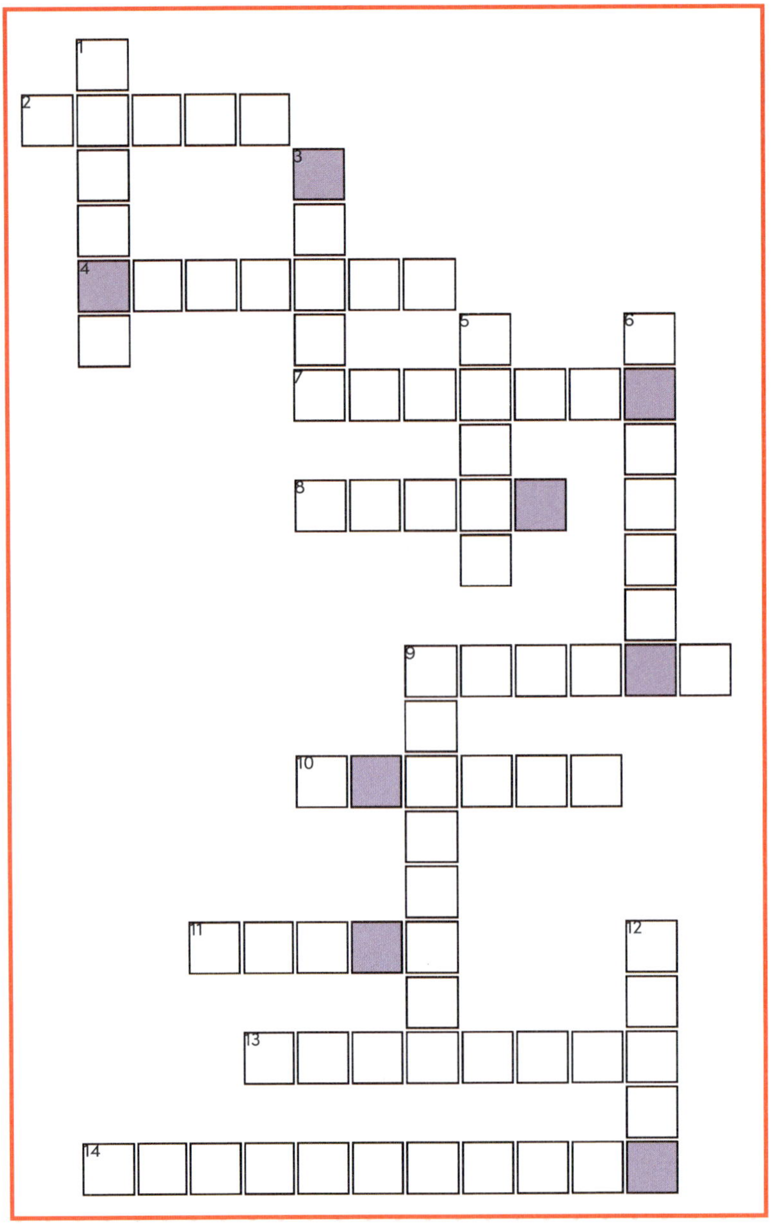

Horizontalement

2 : Homme libre

4 : Ville de Suède célèbre pour son temple

7 : Bovin

8 : Assemblée

9 : Pantalon

10 : À la Belle Chevelure

11 : Bateau viking

13 : Boisson sacrée

14 : Raid décisif pour l'histoire

Verticalement

1 : Collier

3 : Prophétesse

5 : À boire

6 : Île colonisée au IXe siècle

9 : Chemise d'ours

12 : Maison de maître

Réponse

_ _ _ _ _ _ _ _ _

2 - Clichés et idées reçues

Qui a dit quoi ?

Rendez à chacun de ces personnages sa réplique :

1. Oðinn	o	o	a. Et, de plus, je sais que vous allez me qualifier de minable, et cela me déplaît.
2. Loki	o	o	b. Sous la forme d'un sorcier, Tu allas parmi les peuples, M'est avis que c'était couillonnade.
3. þórr	o	o	c. Avec un demi-pain, Et une coupe presque vide, Je me suis fait un camarade.
4. Skaði	o	o	d. Heureux soit ton voyage ! Heureux, ton retour ! Heureux sois-tu au partir et au retour !
5. Frigg	o	o	e. Il ne doit pas y avoir grand-chose de laid en Baldr.

Chapitre 3

Les différents Fuþark

L'écriture runique a connu des variantes dès son origine, en fonction des régions, mais connut son plus profond changement en passant de 24 à 16 signes pour accompagner la mutation de la phonétique du vieux norrois vers 800 ou 850. Contrairement à une idée reçue, les Vikings n'utilisaient donc probablement pas le Fuþark ancien, mais la version à 16 signes, même si celle à 24 signes était sans doute encore employée (ou du moins connue) par certaines peuplades vikings.

Le Fuþark à 24 signes (ou Fuþark ancien)

Il est aujourd'hui le plus populaire, alors que, paradoxalement, il s'agit du moins bien documenté ! En effet, la majeure partie des inscriptions runiques qui furent retrouvées par l'archéologie (pierres runiques en tête) sont le fait des peuples vikings, qui aimaient beaucoup laisser un peu partout des traces de leur passage. Or, ils employaient essentiellement le Fuþark récent.

Cependant, sa popularité n'est pas très étonnante, car il est l'alphabet par lequel tout a commencé, et qui permet d'en savoir plus sur les peuples de l'âge du fer germanique ancien[6]. Et l'étude des inscriptions parle d'elle-même : les formules magiques (protection, propitiation, conjuration, etc.) y sont nombreuses.

De plus, les poèmes runiques (postérieurs à ces runes) leur ont donné des noms évoquant volontiers une utilisation magique. Si nous ne pouvons savoir avec certitude si ces noms étaient bien ceux d'origine des runes (la plus ancienne mention date du IXe siècle, donc bien après l'abandon du Fuþark), leur caractère archaïque, voire de hapax, suggère que c'est tout à fait possible.

ᚠ	Fehu	Richesse, biens	ᚷ	Gebō	Don
ᚢ	Uruz	Aurochs	ᚹ	Wunjō	Plaisir
ᚦ	Þurisaz	Thurs (géant de glace)	ᚺ	Hagalaz	Grêle
ᚨ	Ansuz	Ase (dieu)	ᚾ	Naudhiz	Détresse, misère
ᚱ	Raidō	Chevauchée	ᛁ	Isa	Glace
ᚲ	Kenaz	Furoncle	ᛃ	Jēra	Année fertile, moissons

6. Voir notamment : *A concise Grammar of the Older Runic Inscriptions* d'Elmer H. Antonsen (éditions De Gruyter, Paris, 1975) qui recense et classe les 121 plus anciennes inscriptions runiques connues, en Fuþark ancien.

3 - Les différents Fuþark

ᛇ	Eiwhaz	If	ᛖ	Ehwaz	Cheval
ᛈ	Perþro	*Sens inconnu*	ᛗ	Mannaz	Homme
ᛉ	Alghiz	Élan (animal)	ᛚ	Laguz	Eau courante
ᛊ	Sōwilō	Soleil	ᛜ	Ingwaz	Dieu Yng/Freyr
ᛏ	Tiwaz	Dieu Týr	ᛞ	Dagaz	Jour
ᛒ	Berkanan	Bouleau	ᛟ	Ōþalan	Patrimoine, héritage

On y distingue cinq domaines : les animaux (ᚢ, ᛉ, ᛖ), la météo (ᚺ, ᛁ, ᛊ, ᛚ, ᛞ), les végétaux (ᛃ, ᛒ, ᛇ), le monde humain (ᚠ, ᚱ, ᚲ, ᚷ, ᚹ, ᚾ, ᛗ, ᛟ) et les dieux (ᚦ, ᚨ, ᛏ, ᛜ). Le vocabulaire essentiel, donc, pour jeter à peu près n'importe quel sort, puisqu'il aborde aussi bien les préoccupations quotidiennes que les aspects plus spirituels.

Le Fuþark à 16 signes (ou Fuþark récent)

Cette simplification (qui vit disparaître certaines runes tandis que d'autres changent de graphie) est le plus souvent distribuée en trois *aettir* de deux fois cinq et une fois six runes.

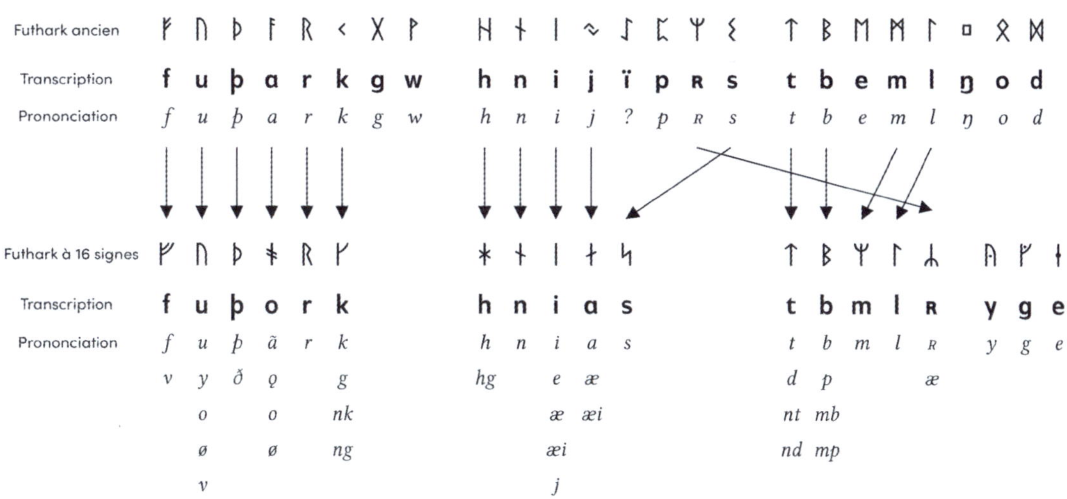

Le but était de s'adapter à la mutation de la langue, c'est sans doute la raison pour laquelle cette version du Fuþark est souvent boudée en magie : elle ressemble bien trop à un alphabet ! C'est une **idée reçue** : les inscriptions runiques retrouvées en Fuþark récent contiennent autant de messages magiques que de messages profanes.

Défi journalier

Voici deux idées d'exercices à pratiquer au quotidien pour accroître sa connexion avec les runes et vous aider à les mémoriser.

1. Le défi du soir

Commencez par prendre quelques minutes, chaque soir, pour raconter votre journée à l'aide de runes appropriées. Isolez les événements marquants, les notions phares de la journée écoulée, vos sentiments, vos émotions, votre état physique et illustrez tout cela en runes.

Par exemple, aujourd'hui, Fergus a lu quelques pages d'un livre passionnant sur les Celtes dans lequel il **apprend** (Ás) énormément de choses sur ses **racines** (Ōþalan). Puis, il est allé **travailler** (Ur et Raidō, il est mécanicien). L'après-midi, sa **petite-amie** (Beorc) est passée le voir pour lui **offrir** (Gebō) un bracelet qui lui a fait penser à lui. Il songe de plus en plus à s'**installer** avec elle (Eoh).

Voici la journée de Fergus.

Vous pouvez vous amuser à en faire un sigil avant de vous attaquer à la vôtre !

ᚨ ᛟ ᚢ ᚱ ᛒ ᛖ

2. Le défi du matin

À l'inverse, le matin d'une journée importante ou particulièrement chargée, tracez un petit sigil pour la raconter à l'avance (comme vous aimeriez qu'elle se déroule). Le but est ici d'influencer votre *hugr* (sorte de destinée) pour que la journée suive le cours que vous désirez.

Par exemple, aujourd'hui Elinor doit prendre la **route** (Raidō) pour **l'Angleterre** (Lagu, puisqu'elle traverse la mer), car elle rend visite à sa **famille** (Wunjō) à l'occasion d'un **mariage** (Eoh et Gebō). Elle va tracer :

ᚱ ᛚ ᚹ ᛖ ᚷ

Là encore, vous pouvez vous amuser à composer son sigil avant d'élaborer le vôtre !

Je vous propose deux suggestions en « Corrections ».

Labyrinthe

Parcourez ce labyrinthe de haut en bas en récoltant les runes sur votre passage. Elles vous dévoileront un message que vous pourrez déchiffrer à la sortie !

Chapitre 4

L'usage des runes

Écriture, magie, certainement pas divination, nous avons vu que l'usage des runes était **multiple**. Essayons de creuser davantage pour en savoir plus.

Parole d'Oðinn !

En matière de runes, le grand spécialiste est leur découvreur, le grand Oðinn lui-même. Un poème runique, *Les Hávamál*, à la strophe 144, nous donne de précieuses indications :

« Sais-tu comment il faut tailler ?
Sais-tu comment il faut interpréter ?
Sais-tu comment il faut teindre ?
Sais-tu comment il faut éprouver ?
Sais-tu comment il faut demander ?
Sais-tu comment il faut sacrifier ?
Sais-tu comment il faut offrir ?
Sais-tu comment il faut immoler[7] *? »*

- **Tailler** ou graver, comme c'était l'usage. La question signifie plutôt « Sais-tu écrire correctement avec ? » autrement dit… sans faute !

- **Interpréter**, c'est-à-dire non seulement déchiffrer, mais aussi en comprendre le sens.

- **Teindre** : la *Saga d'Egill, Fils de Grímr le Chauve* mentionne que les runes devaient être teintées avec du sang, mais on sait qu'elles avaient aussi un usage textile (brodées en fil coloré ou teintes sur les étoffes) ou pigmentaire (runes teintes en rouge sur les pierres runiques sans doute pour en faciliter la lecture).

- **Éprouver** leur pouvoir, autrement dit, les ressentir.

- **Demander** ou prier, formuler des demandes aux dieux via des messages runiques.

- **Sacrifier** ou marquer la victime d'un sacrifice comme sacrée.

- **Offrir** : dédier un objet à un dieu ou une puissance, comme en attestent les gravures runiques sur les armes et les outils, notamment.

7. Boyer (Régis), *L'Edda poétique*, *op. cit.*

4 - L'usage des runes

- **Immoler** : les runes avaient un rôle à jouer dans la cérémonie même de la mise à mort de la victime, même si aucune source fiable ne nous précise comment.

En pratique

Un poème de *L'Edda poétique*, *Sigrdrífumál* (ou *Dits de Sigrdrífa*[8]), nous livre un exemple de magie runique :

« Il te faut graver les runes de victoire
Si tu veux victoire remporter,
Graver sur les gardes du glaive,
Certaines sur la poignée,
Certaines sur le croisillon,
Et nommer deux fois Týr[9]*.*

Il te faut connaître les runes de la bière
Si tu veux de la femme d'un autre
Trahir la foi, et te sens assuré ;
Sur une corne il les faut graver,
Et sur le dos de la main
Et marquer sur un ongle Naud[10]*. »*

Le poème se poursuit ainsi sur la description d'un grand nombre de charmes runiques, qui donnent la marche à suivre pour utiliser les runes en magie. Ce texte est d'un intérêt majeur et d'une importance capitale pour comprendre le fonctionnement de cette pratique : il nous offre des exemples concrets sur lesquels nous appuyer pour les utiliser à notre tour en les détournant le moins possible de leur usage ancestral. Nous pouvons donc nous en servir pour écrire, pour nous adresser au divin, pour pratiquer de nombreuses formes de magie et même pour consacrer nos outils !

---

8. Littéralement : « qui apporte la victoire ». Il s'agit de l'un des noms de Brynhildr, valkyrie réveillée par le héros Sigurdr.

9. Non pas le dieu Ase, mais la rune : on comprend alors que le nom de la rune ainsi que la notion qu'elle recouvrait servait d'incantation magique.

10. Ou *Naudiz*, rune dont le nom signifie « besoin, nécessité ».

La magie du Verbe

Pour vous aider à comprendre que tout alphabet peut être magique, je vous invite à laisser les runes de côté pour le moment et à employer notre bon vieil alphabet dans la construction d'un sigil magique.

Pour cela, il va nous falloir attribuer à chacune des lettres une signification, une vertu, un pouvoir. C'est à vous seul d'en décider, en suivant votre intuition, vos ressentis et surtout votre mythologie personnelle, cet ensemble de **croyances** et de **symboliques** qui n'appartient qu'à vous, fruit de vos expériences et de votre sensibilité.

Par exemple, si depuis votre enfance vous associez la lettre « F » à l'amour parce que votre premier petit-ami s'appelait Fergus et que vous avez passé des heures à graver ses initiales avec les vôtres sur tous les troncs d'arbres qui vous tombaient sous la main, la lettre « F » peut symboliser l'amour.

Si depuis l'enfance vous visualisez une hache à chaque fois que vous entendez la lettre « H » et que cela représente pour vous le dur labeur parce que vous avez été bercé par Charles Ingalls coupant du bois dans *La Petite Maison dans la prairie*, alors le « H » symbolisera le travail.

Prenez votre temps et constituez, de cette façon, votre alphabet magique. Si une lettre ne vous dit rien du tout, laissez-la de côté.

Maintenant, sélectionnez trois à cinq lettres pour résumer votre intention magique, en fonction de ces significations. Par exemple, si vous souhaitez être protégé pendant un voyage important, vous pouvez choisir une lettre symbolisant le voyage (par exemple, le « V » de voyage, voiture, *vroum-vroum* et « Va ! »), une autre pour la protection (le « M », qui vous évoque une cabane dans les bois par sa forme), mais aussi une lettre associée à votre destination (le « D », car vous partez au Danemark et qu'il s'agit du seul pays au monde à commencer par cette lettre), votre but (vous allez y travailler, optez pour le « H ») et les gens avec vous que vous souhaitez protéger aussi (le « F » de votre fameux Fergus).

Tracez ces lettres, en majuscules, devant vous et tentez de les combiner en une seule, en les accolant, les renversant, les stylisant, les retournant... à votre guise.

Dans notre exemple, l'ensemble V M D H F pourrait ressembler à cela :

Vous pouvez graver ce sigil sur un talisman à suspendre au rétroviseur de votre voiture, après l'avoir béni et consacré de la manière qui vous semblera la plus appropriée !

À vous de construire le vôtre. Vous remarquerez très vite que nos lettres sont tout aussi efficaces que les runes, car il ne suffit pas d'utiliser un alphabet ancien pour y puiser du pouvoir, mais de le comprendre et d'établir soi-même ce fameux pouvoir. Vous comprenez maintenant pourquoi il est fondamental de réellement comprendre les runes avant de les utiliser.

Testez vos connaissances !

Voyons où vous en êtes dans votre apprentissage des runes... Répondez par « Vrai » ou « Faux » à chacune des affirmations suivantes :

V	F	
○	○	1. Eolh appartient à l'aett d'Heimdall.
○	○	2. Jēra signifie « saisons » en vieux norrois.
○	○	3. Sōwilō vient juste après Peorð dans l'ordre du Fuþark.
○	○	4. Je peux tracer sans risque la rune Ás dans ma nourriture avant de l'ingérer.
○	○	5. Týr est la seule rune à porter le nom d'un dieu précis.
○	○	6. Si une rune apparaît spontanément dans un sigil, je dois l'y laisser.
○	○	7. L'anglais est plus facile à écrire en runes que le français.
○	○	8. Les runes datent de l'âge du bronze.
○	○	9. Les Vikings utilisaient les runes essentiellement pour la pratique magique.
○	○	10. Sōwilō est lié au dieu Soleil.
○	○	11. Le nom de la rune Lagu a donné notre français « lagune ».
○	○	12. Hagall est l'autre nom d'Heimdall.
○	○	13. La rune Eihwaz a été abandonnée dans la version abrégée du Fuþark, car son lien avec l'Autre Monde était jugé trop sinistre.
○	○	14. Si je veux protéger mon enfant victime de harcèlement scolaire, je peux lui confectionner un talisman composé d'Eolh, de Týr et de Wunjō.
○	○	15. Un tatouage composé des 24 runes du Fuþark me permettra de bénéficier du pouvoir de toutes les runes et me donnera de la force.

Chapitre 5

Intermède mythologique : Freyr & Gerdr

Ce jour-là, Freyr était assis dans le siège sacré d'Oðinn, qui permettait de voir le monde entier d'un seul regard. Le dieu regarda dans Jötunheimr, le monde des géants, pour guetter un éventuel mouvement hostile, mais n'y discerna qu'une jeune fille, très belle, sortant de la halle de son père. Le coup de foudre fut immédiat.

Freyr était si amoureux qu'il en perdit la joie de vivre et l'appétit. Inquiets, ses parents appelèrent son serviteur, Skírnir, pour lui demander d'aller parler à son maître. Freyr, hésitant d'abord, finit par se confier à son écuyer.

« J'ai vu la plus belle fille du monde, soupira-t-il. Ses bras blancs brillaient plus que le soleil… Va la chercher pour moi, fidèle Skírnir, et ramène-la, même si son père Gymir refuse ma demande en mariage !

- J'irai, promit Skírnir, mais donne-moi un cheval et ton épée, pour franchir le rideau de feu qui entoure Jötunheimr. »

L'épée de Freyr était enchantée : elle combattait toute seule les géants qu'elle croisait ! Freyr accepta et fit donner son meilleur coursier à Skírnir, avant de lui tendre son épée. Le serviteur partit à bride abattue et parvint rapidement à l'enclos de Gymir. Mais une meute de chiens féroces en défendait l'accès. Le serviteur alla chercher conseil auprès d'un berger. Celui-ci ne fit que se moquer de lui.

Mais la belle Gerdr avait entendu le remue-ménage devant le portail de son père. Curieuse, elle fit entrer l'inconnu.

« Es-tu un Alfe, un Ase, ou bien un Vane ? demanda-t-elle, intriguée. Pourquoi es-tu venu seul ici ?

- Je ne suis rien de tout cela, répondit Skírnir. Mais j'apporte onze pommes d'or, de la part de mon maître, Freyr. Il te les offre en échange de ta main.

- Certainement pas, s'offusqua Gerdr. Ma main n'est pas à vendre.

- Alors accepte cet anneau, proposa Skírnir. Il s'appelle Draupnir, et toutes les neuf nuits, il en dégoûte huit anneaux identiques.

- Mon père a plus d'or que tu ne pourras m'en donner, rétorqua Gerdr. Ma main n'est pas à vendre.

5 - Intermède mythologique : Freyr & Gerdr

- Vois-tu cette épée, ingrate ? s'emporta Skírnir. Vois-tu les runes qui la recouvrent ? Je te trancherai la tête d'un seul de ses coups !

- Menace-moi tant que tu veux, répliqua la jeune fille. Mon père me défendra.

- Je couperai sa tête tout autant ! vociféra Skírnir. Et je te maudirai, insolente ! Je t'exilerai là où personne ne vient jamais. La nourriture te fera horreur, tu seras laide à faire peur, tu erreras dans les glaces et la solitude jusqu'à ce que la folie te consume. Ton cœur se flétrira, la langueur t'envahira, tu seras méprisée, objet de colère tant pour Oðinn que pour þórr et Freyr ! Que l'on m'entende dans les neuf mondes ! Je grave sur toi la rune Thorn, et je grave la malédiction. Reviens sur ton refus et je les ferai disparaître. »

Épouvantée, Gerdr, pâle comme un fantôme, tendit une coupe d'hydromel à Skírnir.

« Tu m'as convaincue, Skírnir. Accepte cette coupe en signe de paix.

- Bien, s'apaisa le serviteur. Quand pourras-tu donner rendez-vous à mon maître ?

- Je le retrouverai dans neuf nuits pour lui accorder ma main. »

Satisfait, Skírnir revint porter la bonne nouvelle à Freyr.

« Hélas, répondit celui-ci, neuf nuits, c'est bien long... »

« Le coup de foudre fut immédiat. Freyr était si amoureux qu'il en perdit la joie de vivre et l'appétit. »

Jeu à relier

Catastrophe ! Ymir, le géant primordial, a éternué, et les neuf mondes en sont sens dessus dessous ! Ases et Vanes ont bien tenté de remettre chaque créature dans le monde auquel elle appartient, mais il reste quelques sans-abri qui rendent les dieux particulièrement perplexes. Aidez-les à retrouver leur foyer !

1. Óðr, le mari de Freyja	o	o	a. Ásgarðr
2. Narfi, fils de Loki et de Nótt, personnification de la nuit	o	o	b. Vanaheim
3. Albéric, roi déchu des Nibelungen	o	o	c. Álfheim
4. Un feu follet	o	o	d. Miðgarðr
5. Le fantôme de votre arrière-grand-mère, décédée de son grand âge	o	o	e. Jötunheim
6. Ok, un Alfe qui règne sur les tertres	o	o	f. Svartalfheim
7. Ullr, le fils de Sif de père inconnu, adopté par son époux, þórr	o	o	g. Nilflheim
8. Eld, un Alfe qui règne sur l'orge	o	o	h. Muspellheim
9. Et vous, où allez-vous ?	o	o	i. Helheim

Mots mêlés

Retrouvez dans la grille les mots suivants :

Aigle	Helheim	Nornes
Alfheim	Irminsul	Odinn
Asgardr	Jormungandr	Puits
Bifrost	Jotunheim	Scandinavie
Daim	Midgardr	Svartalfheim
Dragon	Mondes	Thorr
Écureuil	Muspellheim	Univers
Frêne	Mythologie	Vanaheim
Freyja	Neuf	Ymir
Freyr	Nilflheim	Yggdrasill

5 - Intermède mythologique : Freyr & Gerdr

F	U	E	N	J	X	M	I	E	H	L	E	H	I	L	T	Q	B	J	Z
A	X	O	U	N	I	V	E	R	S	C	C	C	Z	L	T	N	J	Q	H
H	T	B	Ç	W	S	R	J	S	P	X	E	K	L	S	S	I	O	M	E
U	M	O	N	D	E	S	D	N	S	I	T	I	J	O	S	L	T	I	N
A	L	F	H	E	I	M	T	S	V	O	S	Z	X	J	J	F	U	A	E
E	R	R	D	R	A	G	S	A	A	A	T	N	B	L	M	L	N	D	R
T	M	D	S	X	Ç	T	N	I	R	M	I	N	S	U	L	H	H	R	F
R	W	R	R	K	T	I	S	D	T	N	U	I	A	T	D	E	E	A	U
U	D	W	T	A	D	L	G	I	A	C	P	D	F	F	N	I	I	G	Z
D	T	N	Y	N	G	G	I	C	L	I	J	O	N	W	Ç	M	M	O	X
L	H	E	A	E	Y	D	P	I	F	C	M	W	C	V	M	U	N	N	S
I	O	C	Ç	G	O	U	I	Y	H	U	Y	Ç	D	M	S	B	F	Q	Q
O	S	U	S	N	N	L	H	M	E	L	T	F	E	P	E	I	M	U	S
U	O	R	J	Z	I	U	E	R	I	M	H	P	E	A	N	F	I	W	Ç
X	O	E	A	V	E	L	M	J	M	Q	O	L	Ç	R	R	R	E	F	F
R	E	U	Y	H	G	T	U	R	E	T	L	D	G	G	O	O	H	R	D
T	L	I	O	I	S	H	M	L	O	H	O	F	Ç	T	N	S	A	E	J
Q	S	L	A	Q	H	O	O	X	E	J	G	V	U	I	D	T	N	Y	U
Ç	T	P	Z	T	C	R	O	I	A	Z	I	F	R	E	Y	J	A	R	P
R	I	M	Y	Y	D	R	M	H	H	O	E	W	N	A	Y	M	V	T	Z

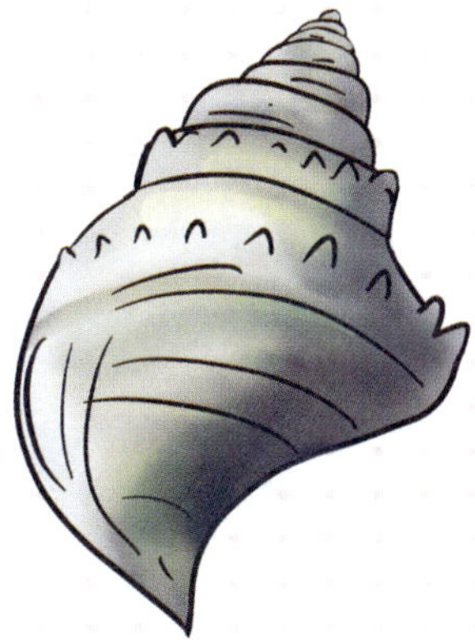

Labyrinthe

Aidez Ratatoskr à trouver son chemin dans le feuillage d'Yggdrasill pour aller raconter à l'Aigle du sommet que Nídhögg l'a traité de pigeon.

Chapitre 6

Les runes en magie (1)

On appelle *galdr* (pluriel *galdar*, du vieux norrois *gala*, « chant, incantation ») l'incantation chantée en lien avec les runes puisqu'elles permettaient de l'écrire. Par extension, on désigne souvent comme *galdr* la magie runique proprement dite. On doit les *galar* à Oðinn (parfois désigné par le *kenning* « père du *galdr* ») depuis le cri qu'il poussa en ramassant les runes après avoir passé neuf jours et neuf nuits pendu à Yggdrasill. Plusieurs *galdar* nous sont parvenus[11] et nous en connaissons donc la structure : sept vers, axés sur le parallélisme (les vers impairs ont quatre syllabes accentuées, les vers pairs trois) et l'allitération.

Les *galdar* peuvent être employés pour tous les buts magiques, tant par les mortels (*völur* en tête) que par les dieux (pour conjurer les sorts ou réveiller les morts).

À l'origine

Quant à la magie runique, celle qui fait appel au tracé des runes (qui permet une double occultation magique, puisqu'il faut d'abord déchiffrer les runes puis comprendre le sens du texte, souvent codé par des *heiti* et des *kenningar*, pour accéder à sa magie) et aux incantations, on en trouve de nombreux exemples dans les textes, qui nous permettent de les reconstituer pour les transposer à notre pratique moderne.

La strophe 6 des *Sigrdrífumál* indique :

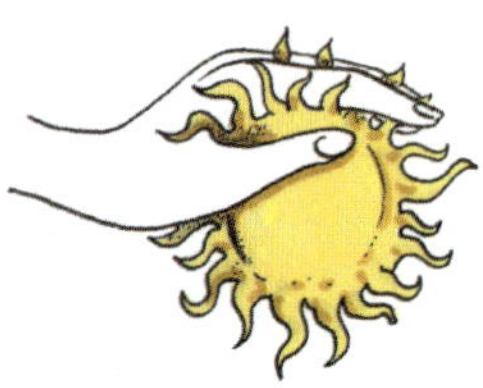

« Il te faut graver les runes de victoire
Si tu veux victoire remporter,
Graver sur les gardes du glaive,
Certaines sur la poignée,
Certaines sur le croisillon,
Et nommer deux fois Týr. »

Pour la victoire au combat, on gravait donc des runes martiales sur la garde des épées et on chantait deux fois le nom de la rune Týr, sans doute pour les activer.

11. Notamment dans les Hávamál (où on en trouve dix-huit !)

6 - Les runes en magie (1)

La strophe suivante indique de tracer les « runes de la bière » sur une corne, qui contiendra probablement le liquide à faire boire à la cible pour lui faire « absorber le sort ». Pour activer le sortilège, cette fois, on trace les runes sur soi : sur la main (pour le contrôle et la manipulation, puisqu'on est ici dans une magie de séduction) avec l'ongle (pour marquer, blesser). La rune citée est Naudiz, la rune du besoin, qui montre que l'on désire ardemment quelque chose.

Le poème nous enseigne aussi que l'on trace un signe au-dessus d'un liquide pour se protéger du poison, des « runes de délivrance » (sans doute Beorc ou Ing) sur les mains des femmes en train d'accoucher (avant d'invoquer les Dises, esprits protecteurs), les « runes du ressac » (Lagu ?) sur les bateaux pour les sauver de la tempête, les « runes des membres » pour guérir (sur l'écorce et le feuillage d'un arbre « dont les branches tendent vers l'est » : le soleil levant), les « runes de la parole » (Ás ?) pour la justice (lors du þing) et enfin les « runes de l'esprit » pour surpasser quiconque en sagesse ! On nous indique aussi les endroits où graver des runes pour exercer leur magie : sur des fragments animaux (griffes d'ours, de loup, bec d'aigle, etc.), mais aussi la « main de délivrance » (celle de l'accoucheuse), le verre, l'or, les amulettes, dans les boissons (sans doute en les gravant d'abord sur du bois ou de la corne avant de les râper dans le breuvage), les lits, les armes, le bois de bouleau...

MAGIE

La formule du nídh

Voici la formule qu'employa Egill pour maudire son ennemi, le roi Eiríkr Blóðöx, et son épouse, la reine Gunnhildr[12]. Lisez-la attentivement.

« Que les dieux revaillent[13],
Que les dieux chassent le prince du pays,
Courroucés soient les puissances et Oðinn,
Pour la spoliation de mon bien ;
Que fassent fuir le souverain de ses terres
Freyr et Njörd,
Que l'Ase du pays[14] soit fâché
Contre l'homme qui viole le sanctuaire. »

1. Quelle structure suit-elle ? Cela vous paraît-il traditionnel ? Pourquoi ?

....

....

....

....

2. Que pensez-vous de l'ordre dans lequel les dieux sont invoqués ?

....

....

....

....

3. La victime n'est jamais nommée, mais désignée par des périphrases (le « prince du pays », « l'homme qui viole le sanctuaire »). Comment s'appelle ce procédé ?

....

....

12. DILLMANN (François-Xavier), *Histoire des rois de Norvège*, coll. « L'aube des peuples », éditions Gallimard, Paris, 2000.

13. Vengent.

14. Probablement Þórr.

4. Quel en est l'intérêt ?

5. À vous de jouer ! Essayez d'en rédiger une version destinée à la bénédiction, en respectant la structure et la logique :

Chassez l'intrus !

Pour chaque liste, barrez l'intrus qui n'a rien à faire là !

Runes : Feoh – Beorc – Eoh – Ur – Eolh

Dieux : Oðinn – Freyr – Týr – Þorr – Heimdallr

Runes à dessiner dans la nourriture : Lagu – Gebō – Naudiz – Feoh – Beorc

Créatures mythologiques : Sleipnirr – Fafnir – Hel – Jormungandr – Fenrir

Runes à dessiner sur soi : Raidō – Ken – Wunjō – Dæg – Týr

Enfants d'Oðinn : Baldr – Vili – Hodr – Þorr – Vidar

Runes pour écrire en français : Ás – Þorn – Mannaz – Ōþalan – Sōwilō

Chapitre 7

Les runes en magie (2)

Maintenant que nous en savons un peu plus sur les runes, il est temps de composer nos propres charmes runiques. Pour cela, faisons un petit tour d'horizon des vertus magiques de chacune d'entre elles.

ᚠ	Feoh	Vanes, richesse, sexualité, fertilité/fécondité, croissance (y compris du négatif, soyez donc prudent en l'utilisant), succès en affaires, gains.
ᚢ	Ur	Guérison, soulagement de la souffrance (mentale et physique), force pour surmonter une épreuve.
ᚦ	Þorn	Riposte, offensive pour annihiler une menace, malédiction, magie sexuelle, renvoyer à l'expéditeur ses mauvaises influences.
ᚨ	Ás	Ases, inspiration, éloquence, communication, écriture, apprentissage, savoir et sagesse.
ᚱ	Raidō	Protection en voyage, lors des déménagements, changements, progrès, avancement.
ᚲ	Ken	Guérison (physique et émotionnelle) en expulsant la maladie, régénération, feu créateur et maîtrisé, illumination, artisanat, art.
ᚷ	Gebō	Harmonie, équilibre, amour, partage, sexualité sereine et épanouie, magie sexuelle douce.
ᚹ	Wunjō	Souder un groupe, joie, consolation. Souvent employée en rune liée pour harmoniser les runes.
ᚺ	Hagall	Purifier, guérir, se protéger des attaques (physiques ou psychiques) et des aléas du destin (bouclier énergétique).
ᚾ	Naudiz	Sorcellerie et magie offensive et défensive, ligature, entrave, magie sexuelle, malédictions, mauvais sorts, mais aussi pour les neutraliser, les annihiler (puissante rune de blocage). À manipuler avec précautions.
ᛁ	Isa	Ralentir ou arrêter un processus ou une personne, « geler » une situation ou une énergie, immobiliser, bloquer, contraindre.

7 - Les runes en magie (2)

ᛃ	Jēra	Fertilité/fécondité (notamment végétale), prospérité, abondance, équilibre, saisons, renouveau, cycle naturel.
ᛇ	Eihwaz	Organisation, structure, ordre, équilibre, stabilité, protection dans les périodes de mutation, repère dans les épreuves.
ᛈ	Peorth	Destin, synchronicités, vies antérieures, hasard, chance, potentiel de transformation.
ᛉ	Eolh	Protection active, repousse le mal et les attaques (physiques ou psychiques) pour riposter, mondes supérieurs, déités et entités.
ᛊ	Sōwilō	Solaire, succès, victoire, honneurs, rayonnement, volonté (attention, elle ne doit jamais être employée à la légère, cela reviendrait à utiliser le soleil comme ampoule).
ᛏ	Týr	Justice, courage, victoire, droiture, triomphe dans l'adversité, défendre une cause juste, sacrifice pour le bien commun.
ᛒ	Beorc	Gestation et mise au monde (réelles ou symboliques), projets, sexualité féminine, maternité.
ᛖ	Eoh	Liens (surtout entre des personnes), voyage physique ou spirituel, Autres Mondes, communication avec les esprits, les ancêtres...
ᛗ	Mannaz	Humanisme, compassion, apprentissage, compréhension, mémoire, écriture fluide, raisonnement logique.
ᛚ	Lagu	Eau, intuition, émotion, sensibilité, fertilité, croissance physique, guérison, régénération, purification.
ᛜ	Ing	Gestation (propre ou figurée), procréation, création, magie sexuelle masculine, potentiel, protection d'un projet avant son lancement.
ᛞ	Dæg	Aube, nouveau départ, fin d'un cycle et début du suivant, évolution positive.
ᛟ	Ōþalan	Famille, héritage, patrimoine (matériel ou non), génétique, racines, passé, hérédité, vies antérieures, généalogie.

Quelles runes pour ce sort ?

Voici quelques sortilèges. Quelle(s) rune(s) pourriez-vous envisager d'utiliser pour chacun d'entre eux ?

1. Fergus voudrait aider sa petite amie, qui vient de perdre son emploi. Il voudrait lui témoigner son soutien et lui apporter force et sécurité financière, ainsi que lui donner un coup de pouce pour décrocher un nouveau travail.

2. Marie-Apolline se prépare pour un voyage à la découverte de l'Amérique du Sud qu'elle attend depuis des années, mais alors que le jour J approche, l'anxiété la gagne à la perspective de partir si longtemps loin de chez elle. De plus, elle redoute l'insécurité qui règne dans certains pays et voudrait être sûre de profiter de ce périple sans courir de danger.

3. Hengelbert songe depuis longtemps à explorer une vie antérieure qu'il a entrevue au cours d'une divination : il sait qu'il vivait à la fin du XIXe siècle, qu'il était ferronnier d'art, et qu'il est mort assassiné par un cambrioleur. Explorer cette vie pourrait lui permettre de comprendre son attirance pour les métiers manuels (il travaille actuellement dans un bureau et ne s'y plaît pas du tout) et décider s'il doit changer d'orientation dans sa vie actuelle. Mais la brutalité de son décès l'effraie.

7 - Les runes en magie (2)

Quel sort avec ces runes ?

À l'inverse, voici quelques combinaisons de runes. À vous de deviner pour quel type de sort elles ont été choisies !

1. La petite sœur de Zénobie est très malade et doit suivre un traitement long et contraignant pour guérir, qui occasionne des douleurs physiques pénibles. De plus, comme elle a perdu beaucoup de poids, les médecins veulent qu'elle grossisse un peu. Pour la soutenir, Zénobie choisira plutôt :

   a. Lagu, Beorc, Ur et Týr

   b. Lagu, Wunjō, þorn et Dæg

   c. Lagu, Ur, Ken et Feoh

   d. Lagu, Gebō, Naudiz et Feoh

2. Albert-Michel voudrait rejoindre un coven, mais une expérience malheureuse avec son groupe précédent l'a laissé méfiant : on s'est servi de lui en exploitant sa générosité, pour mieux le trahir par la suite en l'abandonnant quand il a eu besoin d'aide. Pourtant, il sent que son travail sur la divination gagnerait à être partagé et la solitude lui pèse. Il pourra opter pour :

   a. Dæg, Gebō et Wunjō

   b. Hagall, Ōþalan et Eiwhaz

   c. Eolh, Sōwilō et Wunjō

   d. þorn, Eiwhaz et Gebō

3. Wilhelmina est étudiante en droit. Elle travaille beaucoup et a habituellement de bons résultats, mais c'est une grande stressée et elle prépare un concours d'entrée dans une école prestigieuse de magistrature. Elle rêve de le réussir, mais la concurrence est très rude. Sur son talisman, elle peut graver...

   a. Ás, Naudiz, Isa et Dæg

   b. Týr, Ás, Mannaz et Sōwilō

   c. Ás, Mannaz, Feoh et Ur

   d. Jēra, Ing, Dæg et Ken

Chapitre 8

Les runes en divination (1)

Même si, comme nous l'avons dit, les runes n'étaient absolument pas conçues à l'origine pour constituer un support de divination, il est tout à fait possible de le faire en se servant de leurs symboliques pour en tirer une interprétation.

Pourquoi utiliser les runes en divination ?

La notion de **destin** (*örlog*) était particulièrement importante chez les scandinaves, notamment au travers de leur notion du *hugr* et de la pratique de cérémonies comme le *blót* (où une partie était spécifiquement réservée à l'interrogation des augures) et surtout du *seiðr*, cette magie principalement féminine où la divination occupe une place de choix. Par conséquent, utiliser les runes comme support pour de telles pratiques peut sembler logique.

Leur statut d'alphabet est un plus pour leur usage : elles peuvent donc servir à composer des messages, des « phrases » cryptiques qu'il faudra interpréter, et pourquoi pas, composer des mots que l'on s'amusera à recomposer lors des tirages, à la manière des anagrammes.

Leur simplicité graphique en fait également un support facile à manipuler et à concevoir : loin du foisonnement symbolique du tarot, dont les cartes regorgent de symboles qu'il est parfois difficile de discerner, les runes se présentent toujours sous une forme simple, épurée, qui permet de se concentrer sur sa signification brute.

Attention, cela ne signifie pas qu'il s'agit d'un système « facile » pour autant ! Leurs niveaux de lectures sont multiples, souvent complexes, et leurs combinaisons promettent un éventail impressionnant de significations qu'il faudra décortiquer. Prenez donc bien le temps de les découvrir avant de les utiliser pour la divination.

Comment les utiliser ?

On peut faire simple… ou on peut faire compliqué ! La méthode la plus basique ressemble à celle des tarots ou des oracles classiques : on interprète chaque rune en fonction de ses propriétés[15], et, s'il y en a plus d'une, on étudie leurs combinaisons pour les décrypter.

15. Servez-vous pour cela des mots-clefs pour la magie runique, que nous avons vus dans la leçon précédente.

8 - Les runes en divination (1)

Mais on peut également se servir de leur langage, de leurs sons, des lettres et des mots qu'elles représentent. Ainsi, la combinaison ᛚ ᛟ ᚠ peut tout à fait être interprétée comme une régénération appréciable (ᛚ) grâce à quelque chose puisé dans le passé (ᛟ) qui aide à croître et à se développer (ᚠ), mais on peut également y lire le mot *love*[16] (« aimer » en anglais) qui dénote que cette évolution positive est induite par un acte d'amour.

Si aucun mot n'apparaît de lui-même (il ne faut jamais chercher quelque chose qui n'est pas là !), on peut aussi essayer de former une phrase avec les transcriptions de chaque rune. Ici, nous aurions donc « eau, richesse, héritage », ce qui pourrait donner : « je m'abreuve de la richesse de mon héritage ».

> ***N'hésitez pas à vous amuser à manipuler ce langage, il enrichira vos séances et rendra vos interprétations uniques et encore plus magiques !***

DIVINATION

16. Feoh ne produit le son [f] qu'en début de mot. En milieu ou en fin, il se prononce [v].

Mettre des runes dans ses tarots

Vous tirez les tarots ou les oracles et aimeriez mélanger les runes avec votre support de divination préféré, mais vous ne savez pas trop comment faire (autrement qu'en recouvrant banalement les cartes de votre tirage avec des runes) ? Pourquoi ne pas imaginer des schémas de tirage de cartes... en forme de runes ? En raison de leur tracé rectiligne, les runes se prêtent tout à fait à ce genre de choses, et vous pourriez être agréablement surpris du résultat. Voici quelques idées, à vous d'inventer les vôtres !

Tirage de Feoh pour la prospérité :

1 : les atouts

2 : les obstacles

3 : conseil

4 : issue possible (réponse)

5 : facteurs cachés à ne pas oublier (clef de tirage)

Tirage de Gebō pour l'amour :

1 : vous

2 : votre moitié (si vous êtes en couple), votre idéal (si vous êtes célibataire)

3 : votre relation ici et maintenant (si vous êtes en couple), ce que vous croyez que cet idéal peut vous apporter (si vous êtes célibataire)

4 : l'évolution de votre relation (si vous êtes en couple), ce dont vous avez réellement besoin/que vous cherchez (si vous êtes célibataire)

8 - Les runes en divination (1)

Tirage d'Ōþalan pour la famille :

1 : le passé, les racines familiales

2 : ce que cet héritage manifeste dans le présent

3 : ce qu'il a fait de vous

4 : les parents proches (parents, frères, sœurs, enfants)

5 : les parents plus éloignés (grands-parents, oncles, tantes, cousins, petits-enfants)

6 : que devez-vous transmettre à votre tour ?

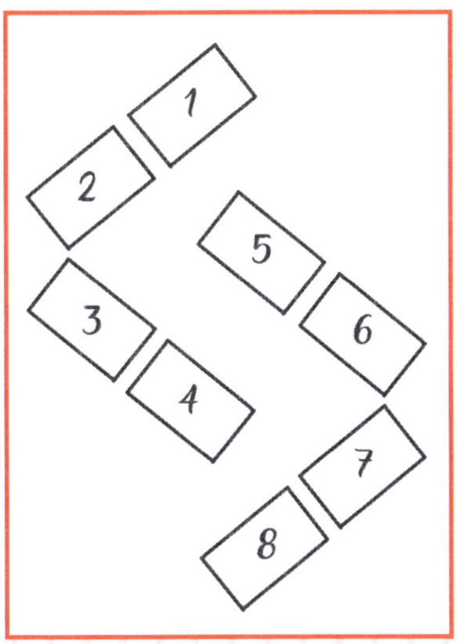

Tirage de Jēra pour l'année :

Chaque paire de cartes vous donne un aperçu des événements marquants, des atouts, des obstacles, des défis ou des récompenses qui vous attendent à l'occasion de chaque saison.

1 et 2 : la saison en cours (prenons pour exemple l'été)

3 et 4 : la saison suivante (automne)

5 et 6 : la saison suivante (hiver)

7 et 8 : la saison la plus éloignée (printemps)

Chapitre 9

Les runes en divination (2)

Pour vous aider dans vos tirages (ou vos jetages !), voici quelques pistes d'interprétations et de lecture pour chaque rune.

Rune	Mots-clefs	Son
ᚠ Feoh	Croissance, biens matériels, fertilité	[f] de F en début de mot (dans « fille »), ou [v] de V en milieu de mot (dans « avide »).
ᚢ Ur	Force, guérison, détermination	[u] de OU (dans « loup »).
ᚦ Þorn	Menace, danger, nécessité de se protéger	[θ], n'existe pas en français, anglais TH, son dur (dans « *thing* »).
ᚨ Ás	Communication, inspiration, divin	[a] de A (dans « table »).
ᚱ Raidō	Voyage, déplacement, avancée	[r] de R (dans « route »).
ᚲ Ken	Illumination, éveil, révélation, clairvoyance	[k] de C (dans « cuisine »), K (dans « koala »), QU (dans « qui ») ou CH (dans « technologie »).
ᚷ Gebō	Cadeau, générosité, union, partage, harmonie	[g] de G devant « a », « o » et « u » (dans « gare », « argot » ou « aigu »), ou GU devant « e » et « i » (dans « guenon » ou « guitare »).
ᚹ Wunjō	Joie, bonne compagnie, bonheur, sérénité, amour	[w] de OU (dans « ouate ») et W (dans « wapiti »).
ᚺ Hagall	Difficultés, délais, épreuves, destruction, avertissement pour s'y préparer au mieux	[h], H aspiré, n'existe quasiment pas en français, très présent en anglais (dans « *hello* » ou « *have* »), parfois [x], comme le J espagnol ou le C'H breton.
ᚾ Naudiz	Blocage, obstacle, besoin, manque, contraintes	[n] (n'existe pas en français) ou [n̪] de N (dans « niveau »).
ᛁ Isa	Immobilisme, stagnation, inaction, attente	[i] de I (dans « vie »).
ᛃ Jēra	Cycle, récompense, abondance, renouveau, temps	[j] de ILL (dans « bille »), IL (dans « œil »), ou Y (dans « yeux »).
ᛇ Eihwaz	Introspection, inconscient, mort et renaissance, fins	Le son n'ayant pu en être retrouvé, elle n'est pas utilisée pour écrire.

9 - Les runes en divination (2)

ᛈ Peorð	Destin, hasard, révélation, secrets	[p] de P (dans « père »).
ᛉ Eolh	Protection par l'attaque, action, connexion avec le sacré	Incertaine. Peut-être [z] de Z ou S non doublé devant une voyelle (dans « zèbre », « hasard », « rose », « moisi », « cosy »). Vieil anglais [ks] comme CS ou KS (dans l'acronyme « PACS » ou dans « Louksor ») ou certaines formes de X (dans « excellent »). Jamais en début de mot.
ᛊ Sōwilō	Énergie vitale, honneur, bienfaits, dynamisme	[s] de C devant « i » et « e » (dans « ceci »), S en début de mot ou doublée en milieu (dans « souris », « tasse ») et parfois T (dans « addition »).
ᛏ Týr	Justice, victoire, stratégie, confiance	[t] de T (dans « tour », mais pas dans « addition »).
ᛒ Beorc	Fertilité, fécondité, espoir	[b] de B (dans « biberon »).
ᛖ Ehwaz	Échange, rencontre, équilibre, progrès	[e] de É (dans « été »). Jamais E accent grave ([ɛ] dans « cèpe ») et surtout pas E sans accent ([ø] dans « peluche »).
ᛗ Mannaz	Humanité, communication, vie sociale, entraide	[m] de M (dans « main »). Attention, elle ne peut pas coder un M nasalisant une voyelle (dans « plomb »).
ᛚ Lagu	Santé, intuition, émotion, purification	[l] de L ou LL (dans « île », « belle »).
◇ Ing	Potentiel, choses sur le point de se développer	[ŋ] anglais NG (dans *thing*), n'existe pas en français, sauf dans les anglicismes (dans « parking ») ou les onomatopées (dans « bang ! »).
ᛞ Dæg	Renouveau, nouveau cycle, éclaircissement	[d] de D (dans « doute ») ou le [ð] n'existant pas en français, qui est le TH doux en anglais (dans « *the* » ou « *mother* »).
ᛟ Ōþalan	Famille, héritage, racines, ancêtres, expérience	[o] de O, AU, EAU (dans « pot », « haut », « museau »).

Chassez l'intrus !

Pour chaque rune, barrez impitoyablement le terme qui ne lui correspond pas.

Eolh : protection – féminin sacré – connexion avec le divin – élévation – action

Feoh : prospérité – richesse – sagesse – abondance – accroissement

Sōwilō : chaleur – honneur – amour – fierté – forme physique

Naudiz : besoin – manque – blocage – entrave – soulagement

Dæg : renaissance – tourner la page – connexion avec le divin – espoir – nouveau départ

Eihwaz : introspection – travail sur les rêves – renouveau – mondes du dessous – réflexion profonde

Raidō : déplacement – prospérité – évolution – cheminement – déménagement

Ing : accouchement – gestation – potentiel – projets – développement

Isa : protection – immobilisme – stagnation – inaction – attente

9 - Les runes en divination (2)

ACTIVITÉ : ACTIVER SES RUNES

Ça y est, votre jeu est entre vos mains. Il est temps, tels Oðinn, Vili et Vé, de leur insuffler la vie pour en faire de véritables compagnes de voyage ! Il existe énormément de méthodes pour cela, voici mes favorites. Sentez-vous libre de vous en inspirer, de les mélanger ou d'inventer les vôtres !

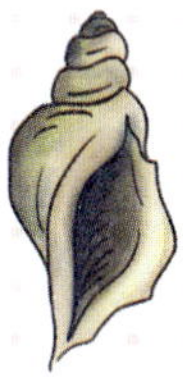

- **Soufflez sur chaque rune** en chuchotant son nom, en le faisant durer (on étiiiiiiiire les syllabes) et vibrer le plus possible (on va chercher les graves dans sa voix et on s'efforce de produire un vibrato).

- **Teignez-les** avec un pigment approprié (encre de chine, colorant naturel, brou de noix, peinture, suie, henné, etc.), en suivant attentivement son tracé pour l'imprégner de votre intention.

- **Passez-les** dans la fumée d'un mélange d'encens concocté pour l'occasion, dans la flamme d'une bougie, dans l'eau d'une source que vous aimez...

- **Imbibez-les d'un peu de votre salive ou de votre sang** (en respectant les règles d'hygiène et de sécurité élémentaires : utilisez des outils stériles à usage unique, désinfectez soigneusement la plaie et ne vous tirez pas trois litres d'hémoglobine ! Une goutte suffit. Naturellement, si vous êtes en mauvaise santé, n'utilisez jamais votre sang : vous affaiblir ou vous mettre en danger ne produirait en aucun cas une magie productive). Même si certaines le font, je déconseille l'usage du sang menstruel : c'est un sang mort, stérile, que le corps expulse pour se purifier : les runes (vivantes, fertiles et destinées à faire entrer des énergies dans votre pratique) sont à l'opposé de cette idée !

- **Aspergez-les d'un liquide sacré** dont vous offrirez la moitié en libation (hydromel, bière, cidre ou jus de pomme sont associés à des pratiques attestées par l'archéologie) si vous souhaitez mettre vos runes au service d'une ou plusieurs déités en particulier : invoquez-la (ou les), formulez votre demande, imbibez vos runes et terminez par la libation en remerciant.

- **Lisez-leur des poèmes eddiques ou scaldiques**. Bien entendu, si vous ne vous sentez pas de réciter du vieux norrois ou du proto-germanique, utilisez la traduction française. Ces textes existent depuis les Xe ou XIIe siècles au moins et vont puiser dans un réseau de magie très ancien. Ces mots étaient là quand les peuples scandinaves utilisaient les runes, ils sont encore là aujourd'hui, en 2021. Ils sont un pont entre nous, petits français modernes, et les peuples scandinaves qui ont arpenté l'Europe plus de 1000 ans plus tôt. Existe-t-il plus grande magie que cela ?

Chapitre 10

Tirer ou jeter les runes ?

Deux écoles s'affrontent : les runes jetées et les runes tirées. Ces deux options sont tout à fait cohérentes et donnent toutes deux de très bons résultats : le choix est avant tout motivé par la sensibilité de chacun, et surtout le choix du support.

Runes tirées

1 Cela revient à les utiliser comme un tarot ou un oracle. Brassez votre jeu en vous concentrant sur votre question : elle doit être ouverte (pas de question demandant une réponse par « oui » ou « non »), clairement formulée et suffisamment précise.

2 Tirez ensuite autant de runes que vous le souhaitez ou que l'exige le schéma que vous avez choisi, en gardant en tête que vous n'en avez que 24 : privilégiez les tirages avec un nombre limité de cartes, pour ne pas brider vos probabilités.

Les tirages les plus fréquents emploient une rune (pour un tirage quotidien, un conseil, un problème simple), trois runes (passé/présent/futur, ou problème/cause/solution, ou encore pour/contre/synthèse...) ou neuf runes (en trois lignes de trois runes, la première ligne indiquant les forces en action, les forces en blocage et les facteurs cachés, la deuxième les atouts, la situation ici et maintenant, et les points faibles, et enfin la troisième, l'influence de l'environnement, l'issue possible et le facteur chaotique à prendre en compte comme une clef de tirage).

Runes jetées

Il existe autant de méthodes pour jeter les runes qu'il existe de gens pour les jeter ! Voici la mienne : vous pouvez vous en inspirer pour créer la vôtre ou décider qu'elle ne vous convient pas du tout et en élaborer une complètement différente !

1 Munissez-vous d'une peau ou d'un tapis suffisamment épais pour amortir la chute de vos runes et d'un cordon.

2 Avec le cordon, délimitez un cercle au centre du tapis, c'est **Miðgarðr**, l'aspect humain, évident et présent du questionnement.

10 - Tirer ou jeter les runes ?

3 | Au-dessus de ce cercle se trouvent **Ásgarðr** et **Vanaheim** : la spiritualité, le divin, l'intuition, l'inspiration, les signes, les messages des déités.

4 | En-dessous se cache **Helheim** : ce qui est caché, enfoui, obscur. C'est une section difficile, à aborder avec prudence et humilité.

5 | À gauche se trouvent **Nilflheim** et **Muspellheim** : le passé, les choses qui se trouvent derrière nous, mais ont encore de l'influence (dans cette vie ou dans une antérieure).

6 | À droite se trouvent **Álfheim** et **Svartalfheim** : espace de sagesse, de conseils, qui indique la vérité, donne de précieuses indications sur la conduite à tenir, sur les actions et les réactions.

7 | Enfin, hors du tapis, c'est **Jötunheim** : tout ce qui y tombe est à prendre avec prudence et considération, un peu en marge du reste, car cela constitue un avertissement, une mise en garde, une clef de lecture.

Jetez vos runes en une seule fois, en les prenant dans les deux mains avant de les lâcher, et interprétez-les en fonction de l'endroit où elles retombent (seulement faces révélées, les autres étant « muettes »). Vous pouvez aussi étudier les groupes de runes, leur façon de se rassembler ou de s'éloigner, les motifs qu'elles forment... Techniquement, elles n'ont ni envers, ni endroit, mais on peut regarder leur orientation : une rune qui « pointe » vers une autre peut indiquer un lien entre elles, par exemple.

TIRER

JETER

Fabriquer ses runes : choisir le bon matériau

Pour faire votre choix, posez-vous les bonnes questions. Votre jeu n'a pas pour vocation d'être « beau », car en théorie vous n'aurez pas à le montrer à quelqu'un d'autre qu'à vous-même où la personne pour laquelle vous les jetterez. Sortez-vous des considérations esthétiques dictées par la mode et les réseaux sociaux pour choisir ce dont vous avez besoin. Le questionnaire suivant pourra vous donner quelques pistes (allez voir quelques suggestions en corrigé une fois que vous l'aurez complété) :

1. Quel(s) usage(s) souhaitez-vous faire de vos runes ?

....

....

....

....

2. À quelle fréquence envisagez-vous de les utiliser ?

....

....

3. Pratiquerez-vous souvent en extérieur ? En intérieur ?

....

....

4. Êtes-vous plus à l'aise avec le minéral ? Le végétal ? L'artisanat ? Pourquoi ?

....

....

5. Allez-vous souvent les transporter avec vous ? Les porter sur vous ou dans votre sac ? Ou préférez-vous les laisser à la maison ?

....

....

....

6. À quoi ressemble votre pratique ? Comment vos runes pourraient-elles s'y intégrer ? Quel matériau, quel format s'y prêterait le mieux ?

CRÉER VOS PROPRES TIRAGES

Créer vos propres schémas de tirage vous permettra de personnaliser encore plus vos séances de divination et d'accroître votre lien avec vos runes. Voici quelques idées pour vous lancer !

- Même si on adore s'interroger sur l'avenir, il vaut mieux toujours garder un lien avec le passé : assurez-vous donc qu'au moins un emplacement de votre tirage concerne ce point. Pour savoir où l'on va, il faut savoir d'où l'on vient !
- Se connaître soi-même est délicat et souvent, nous nous trompons par rapport à nous-même ! Intégrer un emplacement « la situation ici et maintenant » ou « ce que je ne vois pas dans cette situation », peut dénouer bien des tracas.
- Ne vous dispersez pas trop en voulant tout savoir ! Soyez concis et essayez d'aller directement à l'essentiel en restreignant le nombre de runes : entre trois et neuf, c'est largement suffisant.
- Formulez soigneusement votre question (en étant très précis et rigoureux) et dégagez-en des mots-clefs. Tirez une rune pour chacun : ils seront les emplacements privilégiés de votre tirage.

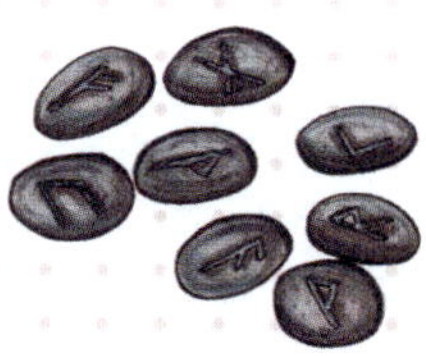

À vous de jouer !

Chapitre 11

Intermède mythologique : Oðinn et le chaudron de poésie

Après s'être affrontés dans une guerre stérile, les Ases et les Vanes parvinrent à un traité de paix. Pour le sceller, ils firent une grande cérémonie et crachèrent tous ensemble dans une grande cuve pour mêler leurs essences. De ce mélange, ils façonnèrent alors un homme, qu'ils nommèrent Kvasir[17]. Né de la salive des dieux, Kvasir était si sage qu'il connaissait la réponse à toutes les questions de l'Univers et décida de parcourir le monde pour dispenser son savoir aux Hommes. Mais il fit des envieux : deux nains, Fjallar et Gallar, le tuèrent par fourberie et recueillirent son sang dans un chaudron nommé Ódrerir. Comme le récipient était trop petit, ils conservèrent le reste du sang dans deux autres cuves, appelées Bodn et Són. Il mélangèrent alors le sang de Kvasir à du miel pour confectionner un hydromel qui accordait à quiconque le buvait le don de la poésie et de l'éloquence. Fourbes jusqu'au bout, les nains racontèrent aux dieux que Kvasir était mort étouffé par son propre savoir.

Quelques temps plus tard, nos deux meurtriers invitèrent un géant, Gilling, et son épouse. Toujours aussi retors, ils prirent le prétexte d'une balade en mer pour assassiner Gilling en faisant chavirer leur embarcation. Son épouse eut le cœur brisé et suivit docilement Fjallar quand celui-ci lui proposa de se rendre à l'endroit où son mari s'était noyé. Vous voyez venir la suite ? Évidemment. À peine eut-elle passé la porte que Gallar la tua avec une meule de moulin. Mais le fils des victimes, Suttung, n'était pas dupe. Décidé à se venger, il emmena les nains sur un récif menacé d'être submergé par la mer. Nos fripons supplièrent pour leur vie. Désespérés, ils proposèrent à Suttung leur hydromel magique. Le géant céda et emporta Ódrerir, Bodn et Són dans son domaine, où il les laissa sous la surveillance de sa fille Gunnlöð.

OÐINN

17. Du vieux slave *kvasŭ*, « boisson fermentée ».

11 - Intermède mythologique : Oðinn et le chaudron de poésie

« Né de la salive des dieux, Kvasir était si sage qu'il connaissait la réponse à toutes les questions de l'Univers. »

Bien des lunes plus tard, voilà qu'Oðinn, qui avait eu vent de la supercherie, séjourna chez le frère de Suttung, Baugi, dont il avait tué les esclaves par ruse. Sous le nom de Bölverk, le rusé dieu lui proposa de les remplacer en échange d'une gorgée du précieux hydromel. Baugi accepta de tenter de convaincre son frère, mais hélas, celui-ci refusa.

Il en fallait plus pour décourager Oðinn. Manipulant Baugi, il creusa un trou dans la montagne où était caché le breuvage et, transformé en serpent, se glissa jusqu'à la caverne de Gunnlöð. Son charme naturel fit le reste. Il séduisit la jeune géante et passa trois nuits avec elle, prenant chaque fois une gorgée d'hydromel. Là encore, c'était une ruse : chaque gorgée vida un récipient.

Avant que Gunnlöð ait pu protester, il se changea en aigle et fila vers Ásgard, poursuivi de près par Suttung, devenu rapace lui aussi. Les dieux attendaient avec des cuves dans lesquelles Oðinn s'empressa de recracher le breuvage. Mais lors de sa fuite, Suttung avait été si près de le rattraper qu'Oðinn avait laissé s'échapper quelques gouttes d'hydromel, qui tombèrent parmi les Hommes et donnèrent à certains le don de poésie. Quant aux mauvais poètes, ils ont reçu quelques gouttes mais... par le côté d'Oðinn où ne se trouve pas la bouche !

Poème runique

Nous possédons trois chants ou poèmes runiques, dont le plus connu est le *Thrídeilur*, une chanson norvégienne datée de 1636, mais certainement inspirée de documents du XIIe siècle, aujourd'hui perdus. Il s'agissait probablement d'un poème gnomique et mnémotechnique destiné à permettre d'apprendre les runes et de les retenir facilement, grâce à un texte rimé (un peu dans l'esprit de nos comptines abécédaires). Chaque rune est désignée par deux vers : le premier énonce sa signification (son nom) et le second apporte un complément cryptique, apparemment sans véritable rapport, qui vient rimer avec le premier. On a ainsi, par exemple, pour la rune Feoh :

« Fé (argent) provoque de parents mépris
Dans la forêt, le loup grandit. »

On comprend ainsi que Feoh est liée à la richesse et qu'en abuser attire la jalousie. Le second vers est sans doute un avertissement : la cupidité grandit dans l'obscurité du cœur de l'avare.

Pour mieux apprendre et mémoriser les runes, je vous invite à composer votre propre chanson runique, sur le même modèle, en notant dans le premier vers sa signification et dans le second une indication supplémentaire qui ne parlera qu'à vous (pour cette raison, si vous n'avez pas encore lu de chant runique, je vous conseille de ne le faire qu'après avoir réalisé cet exercice, pour ne pas vous laisser influencer). Vous aurez ainsi une superbe chanson runique totalement personnelle qui vous aidera à mémoriser les 24 runes et à vous les approprier. Je vous invite vivement à tenter de composer des rimes pour rendre votre texte plus facile à retenir. Laissez parler votre muse !

11 - Intermède mythologique : Oðinn et le chaudron de poésie

Kenningar runiques

Pour vous amuser avec les mots tout en jouant les scaldes en herbe, essayez de décrypter ces *kenningar* pour les relier à leur rune correspondante.

L'épée de la rose	○	○	ᛚ Lagu
Le sang de la Terre	○	○	ᛇ Eihwaz
Le désespoir des moissons	○	○	ᛁ Isa
L'os des arcs	○	○	ᛏ Týr
Le cristal de l'hiver	○	○	ᚦ þorn
L'Ase manchot	○	○	ᛖ Ehwaz
Le coursier des plaines	○	○	ᚺ Hagall

Chapitre 12

Les sigils

Un sigil (ou rune liée) est un symbole combinant plusieurs runes pour fusionner leurs pouvoirs et leurs énergies. Composer un sigil runique est très utile si nous souhaitons employer plusieurs runes à la fois : on peut les écrire les unes à la suite des autres en une « phrase » incantatoire, mais les lier les imbrique étroitement, tout en les rendant moins reconnaissables aux yeux du non-initié.

L'idée est de créer un monogramme. Sentez-vous libre de retourner et d'inverser les runes à votre guise pour les assembler, cela ne les altérera pas.

Plusieurs méthodes existent. Voici un exemple :

Composer une trame

Nous allons matérialiser les mots-clefs du sortilège par des runes, il est donc profitable de mettre d'abord par écrit le sort : on commence par décrire la situation, puis l'intention, enfin les clauses de restriction.

Pour un charme de soutien à une personne malade qui doit subir un lourd traitement tout en tentant de recouvrer des forces, les mots-clefs pourraient être « maladie », « guérison », « douleur » et « prise de poids ». Cela peut se traduire par Ken, Lagu, Ur et Feoh.

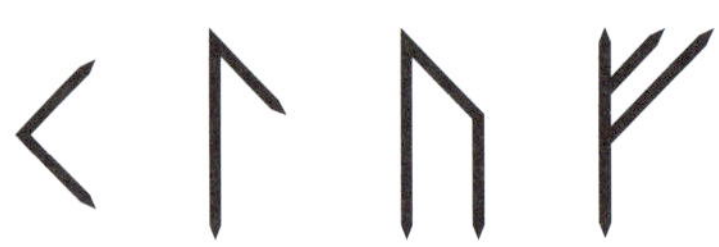

Observez leurs lignes et tentez de voir celles qu'elles ont en commun : on voit tout de suite que trois partagent une verticale, mais que Ken partage avec Feoh une oblique ascendante. En revanche, Lagu et Ur peuvent se recouvrir, ce qui n'est pas souhaitable, on choisira donc de renverser l'une d'elle symétriquement, en miroir. Ce qui peut donner : (Feoh en noir, Ken en rouge, Ur en vert et Lagu en bleu) :

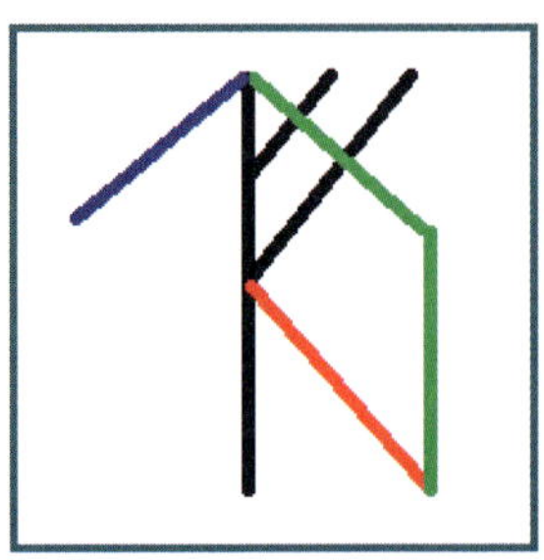

Problème, en étudiant mieux le dessin, on s'aperçoit qu'il forme d'autres runes, imprévues : notamment Týr et Wunjō. Si la seconde ne pose pas de problème si on pratique pour un être cher, la première peut être en décalage avec le but : il n'est pas question ici de mener une guerre contre l'injustice (car la maladie n'est ni juste ni injuste, elle est, tout simplement. Particulièrement dans la pensée scandinave, elle est simplement liée au destin, le *hugr*. Týr irait donc ici à l'encontre du *hugr* de la cible du sortilège et lui nuirait plus qu'autre chose).

Il faut donc modifier le dessin pour que seules les runes prévues apparaissent. Pour cela, on peut aussi jouer sur leur taille (cela ne les amenuisera pas) :

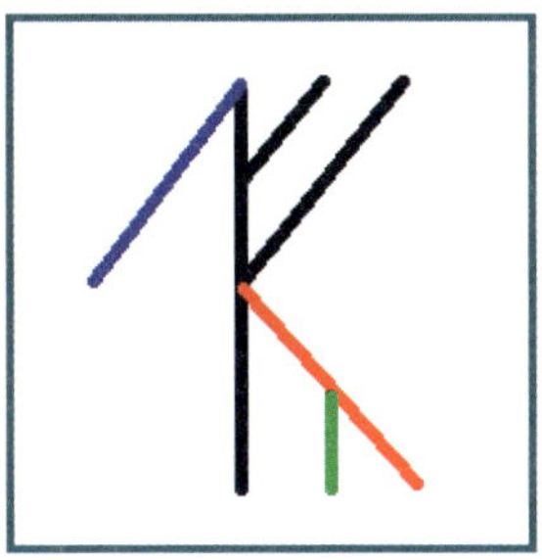

En réduisant la rune Ur (en vert), Týr a disparu et seules apparaissent les runes souhaitées.

Pensez bien à cela : si une rune imprévue apparaît, demandez-vous si elle a réellement sa place dans votre sigil. Si la réponse est non, revoyez votre tracé.

Il est possible de faire de même avec un mot écrit en runes, dont on combinera les lettres après avoir éliminé les runes en double.

Employer des sigils

Vous pouvez les graver sur un talisman, une amulette, une rondelle de bois, un morceau d'écorce (issu d'un arbre approprié), les dessiner sur une pierre ou un galet, ou directement sur votre corps avec du maquillage ou des peintures corporelles.

Un sigil doit être **activé** quand vous le tracez : chantez le nom de chaque rune et focalisez-vous sur votre intention.

Vous pouvez aussi le tracer dans l'air ou sur un support, simplement avec votre doigt : il sera invisible, mais sa magie sera tout de même présente. Cela dit, cette méthode gagne à être répétée.

Comprendre un sigil

Pour mieux maîtriser ce domaine, l'idéal est encore d'essayer d'analyser des sigils existants. Regardez attentivement la figure ci-dessous :

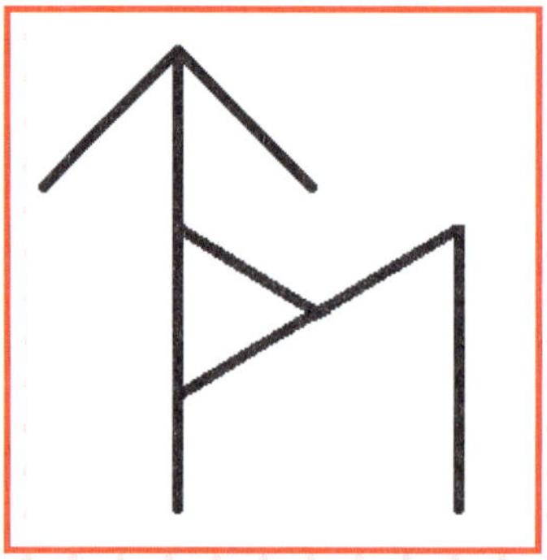

Pouvez-vous retrouver les runes qui composent ce sigil ?

À l'aide de ces runes, parviendrez-vous à comprendre dans quel but ce symbole fut composé ?

À vos sigils !

Puisque c'est en forgeant qu'on devient forgeron, c'est en « sigillant » que vous deviendrez un vrai pro des sigils ! Voici quelques situations avec les runes choisies pour composer un sigil. À vous de tenter de le dessiner sans laisser aucune rune imprévue s'inviter...

12 - Les sigils

1. Un sigil pour la protection lors d'un déménagement : utilisez les runes Eolh (protection), Raidō (voyage), Ken (chaleur et illumination) et Dæg (nouveau départ).

déménagement

2. Un sigil pour bénir un couple lors d'un handfasting (mariage païen) : utilisez les runes Gebō (amour), Wunjō (clan), Eoh (lien entre les personnes), Feoh et Beorc (ils veulent des enfants).

bénédiction

3. Un sigil pour soutenir l'assurance lors d'un entretien d'embauche : utilisez les runes Ás (éloquence), Feoh (salaire), Eiwhaz (stabilité) et Mannaz (relations humaines).

assurance

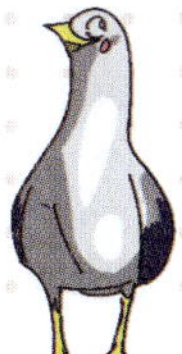

Chapitre 13

Les runes liées

Ces **sceaux magiques** existent depuis (au moins) l'époque médiévale. Concernant les runes, nous disposons d'un grimoire islandais daté d'entre la fin du XVIe et le début du XVIIe siècle, contenant quarante-sept sortilèges, le *Galdrabók*. Cette compilation de sorts rassemblés par au moins quatre scribes sur environ un siècle est très disparate, mais présente de nombreux sigils basés sur les runes dont nous pouvons nous inspirer pour comprendre la technique des runes liées.

Méthodologie

Le grimoire encourage à les graver sur du bois (souvent en nommant l'essence la plus appropriée), pratique qui paraît bien héritée de la magie des anciens scandinaves. Il en existe trois types :

1. Les *bandrúnir*, ou sigils, combinaisons de plusieurs runes.

2. Les *galdrastafir*, « bâtons magiques », des signes à part entière utilisés comme un symbole unique.

3. Les *galdramyndir*, « signes magiques », inspirés de symboles non-runiques abstraits ou iconiques, comme par exemple le marteau de Þórr ou encore l'Irminsul.

Les deux plus connus (et populaires), sont l'*Ægishjálmur* (que l'on peut traduire par « heaume de terreur » ou « d'effroi », *awe* en anglais évoquant une crainte mêlée de respect, voire d'admiration) et la *Svefnþorn* (« épine du sommeil »).

L'*Ægishjálmur* est aujourd'hui populaire sous une forme complexe beaucoup plus récente que celle du *Galdrabók*, sa forme primaire étant simple : une croix à quatre ou huit branches égales ramifiées en trois pointes (évoquant

la rune Eolh) à leurs extrémités. Son nom est mentionné dès la saga de Sigurðr et Fáfnir, notamment dans les *Fáfnismál* (*L'Edda poétique*) : quand Sigurðr pourfend le dragon, l'un des objets qu'il récupère de son trésor est justement, un Heaume de Terreur. Loin d'être un banal casque, l'objet ainsi évoqué semble plutôt être un élément magique destiné à entourer son porteur d'un pouvoir d'intimidation pour terrifier et subjuguer ses ennemis.

Svefnþorn, quant à elle, consistait en un symbole qui évoque une rune Ing surmontée d'une rune Isa. Elle aussi est évoquée dans le même mythe, puisque ce serait le sortilège qu'Oðinn jeta sur la Valkyrie Brynhildr pour la plonger dans un profond sommeil duquel elle ne pourrait être éveillée que par le héros capable de traverser l'anneau de feu que le dieu avait déployé autour d'elle.

Un petit exemple

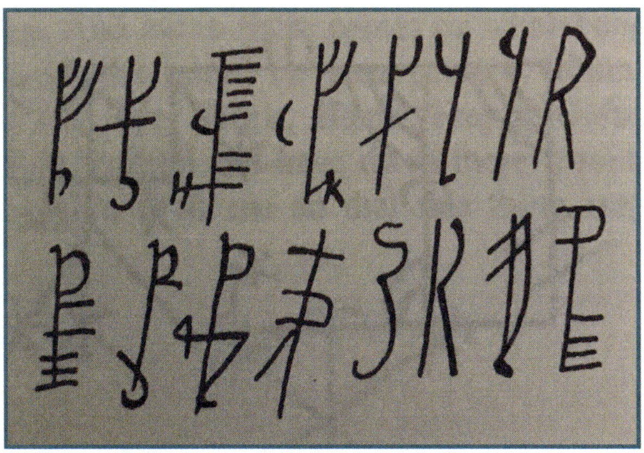

Sortilège 27 : pour faire une farce à quelqu'un en faisant en sorte qu'il ne puisse pas garder sa nourriture pendant toute une journée. Le grimoire recommande de graver ces symboles sur un morceau de fromage ou de poisson à faire manger à la cible dont on veut se moquer. Il assure qu'ainsi tout ce qu'il ou elle mangera ce jour-là ne lui profitera pas (en d'autres termes, il/elle vomira tout aussitôt. Plutôt cruel comme blague).

On reconnaît facilement plusieurs runes, notamment Feoh, Naudiz ou encore Raidō (je ne le répéterai jamais assez : il ne faut pas manger Naudiz), et on ne peut s'empêcher d'y voir une jolie logique : Feoh peut symboliser la nourriture (ce qui nous fait prospérer), Naudiz, le blocage (vous ne digérerez pas) et Raidō, le voyage des aliments (plutôt rapide pour le coup).

Vous voyez ? On pratiquait déjà la *kitchen witchery* en mangeant des runes au XVIe siècle.

Analyser une rune liée

Comme lors de la leçon précédente, essayons de décrypter des runes liées déjà existantes. Le *Galdrabók* nous en fournit quelques exemples qui peuvent être très intéressants. En voici un auquel vous frotter :

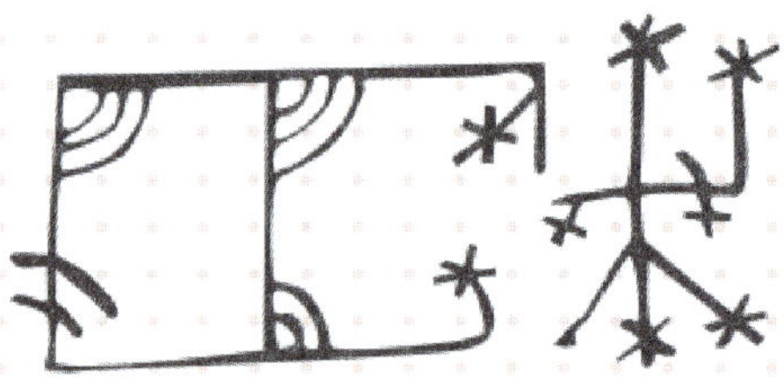

Sortilège 30 : *Dreprún* : à dessiner sur une feuille (d'arbre) et à jeter dans l'empreinte de sabot du cheval de son ennemi pour tuer plusieurs bêtes de son troupeau, avant de cacher le sigil dans la fameuse empreinte. Le grimoire ajoute que ce rituel est à effectuer si l'ennemi vous offense à tort – on a un minimum de décence, tout de même.

Reconnaissez-vous des runes stylisées sur ce symbole complexe ? Leur forme a pu changer légèrement, notamment en suivant des courbes qui n'existent pas dans leur tracé originel.

....

....

Si vous en avez reconnues quelques-unes, vous paraissent-elles pertinentes ? Pourquoi ?

....

....

....

....

RUNE LIÉE

13 - Les runes liées

Mots mêlés

Utilisez ce mots mêlés pour recevoir une guidance de la première rune qui vous sautera aux yeux. Retrouvez-en l'interprétation dans la partie « Corrections », ou mieux faites-vous confiance et lancez-vous !

U	E	R	X	S	G	L	O	G	I	Z	W	Z	F
V	O	W	F	L	T	K	D	A	E	G	Y	P	H
W	L	Q	I	E	O	I	U	G	H	A	G	A	L
N	H	U	J	B	O	D	S	A	E	T	B	N	G
A	L	R	S	A	N	H	T	I	H	B	Z	J	Q
U	A	Y	A	O	N	W	F	K	S	T	O	I	V
D	U	F	M	I	W	S	J	E	I	W	H	A	Z
H	H	E	T	J	D	I	U	K	T	M	E	K	O
I	S	L	E	H	E	H	L	Z	J	E	U	B	T
Z	W	R	E	O	G	R	O	O	A	K	H	S	O
M	D	I	V	P	M	C	A	T	H	O	R	N	G
T	V	Y	N	O	W	U	N	J	O	V	P	K	G
K	E	N	N	A	Z	I	S	A	D	H	X	P	Y
U	N	U	R	P	E	O	R	T	H	Y	U	E	N

Ansuz	Daeg
Eiwhaz	Eolh
Feoh	Gebo
Hagal	Isa
Jera	Kennaz
Naudhiz	Peorth
Raidho	Sowilo
Thorn	Wunjo

Chapitre 14

Les runes au quotidien

Nous l'avons compris maintenant, les runes peuvent recouvrir une multitude d'usages et les textes, notamment les *Sigrdrífumál*, nous rappellent qu'elles se plient volontiers à la vie quotidienne.

Dans la cuisine, choisissez celles associées à la santé, à la force et à la prospérité. Vous pouvez :

- Pyrograver des runes sur vos ustensiles, afin d'apporter leurs vertus à vos plats.
- Tracer des runes dans vos pâtes à tarte, vos légumes, ou à l'aide de vos herbes aromatiques, de vos sauces... Associez leur magie à celle des aliments et pensez que vous allez les ingérer : elles resteront actives le temps de la digestion, ce qui peut être trop court (si on se prépare pour un marathon dans deux semaines) ou trop long (si on veut le courage de passer un coup de fil). Gardez cette idée en tête et écartez à tout prix certaines runes de blocage, comme Naudiz, Isa ou þorn.

Dans la salle de bains, axez sur la guérison, la purification et la beauté.

- Brodez ou dessinez les runes sur des serviettes de bain selon vos besoins quotidiens.

- Tracez-les directement sur vous avec vos produits de soin avant de les étaler pour faire « pénétrer » symboliquement leur magie. Comme pour la nourriture, cette pratique restera active aussi longtemps que le produit utilisé. Tenez-en compte.
- Tracez-les sur le miroir embué après la douche pour faire résonner la rune dans les autres mondes. Cette pratique est très intéressante pour attirer l'attention des entités et des déités avec lesquelles vous souhaitez travailler.

Dans le salon, optez pour des runes sociales, de communication, de protection du foyer et de la famille, de prospérité...

- Brodez-les sur des rideaux, des coussins, des plaids... Vous pourrez les enlever ou les laisser aussi longtemps que désiré.
- Gravez-en dans la cire des bougies : la bougie libérera leur magie en se consumant.

14 - Les runes au quotidien

- Faites de même dans votre bureau, pour vous aider à être plus attentif, productif ou à mieux mémoriser.

Dans la chambre, optez pour des runes de paix, de guérison, de réconfort, de fertilité si vous voulez des enfants, d'amour. Ne surchargez pas, vous rendriez votre sommeil difficile.

- Brodez ou dessinez sur votre linge de lit.
- Glissez un papier portant des runes (ou un petit bâtonnet de bois gravé) appropriées sous votre oreiller pour orienter vos rêves. Bannissez les runes de blocages ou très actives (Sōwilō, Týr...) qui perturberaient votre sommeil.

Dans l'ensemble de votre maison, vous pouvez :

- Suspendre des talismans gravés sur des bâtonnets de bois, des galets...
- Tracer des runes avec l'eau de ménage.
- Disposer des objets en forme de runes pour inviter leur énergie à les habiter.

Dans le jardin, choisissez des runes de croissance, de fertilité, de fécondité, de cycles, de prospérité...

- Tracez-les dans la terre avec vos mains ou vos outils avant vos plantations, ou avec l'eau d'arrosage.
- Gravez-les sur vos outils.
- Dessinez-les sur le sol avec des cailloux, des graines, des branchages...

Dans votre voiture, optez pour des runes de voyage, de protection et de bénédiction.

- Suspendez un talisman à votre rétroviseur.
- Dessinez-les sur les fenêtres embuées.
- Tracez-les sur la carrosserie avec de l'eau, votre doigt...

Entrer en contact avec les divinités et l'inconscient

Les runes sont également un merveilleux support pour entamer un dialogue avec vos divinités, si vous travaillez avec des dieux, ou avec vous-même ! Pour cela, le plus instinctif est encore de les jeter (voir le chapitre 10). Posez votre question, ou annoncez simplement que vous vous ouvrez aux messages que l'on voudra bien vous transmettre, et jetez vos runes avant de les interpréter. Notez soigneusement vos ressentis dans votre journal ou votre livre des ombres pour pouvoir y revenir à loisir si vous le souhaitez.

Dialoguer de cette façon avec une déité permet par exemple de lui demander une guidance, un conseil face à un problème spécifique, de lui laisser vous transmettre un message, de lui rendre hommage et de cultiver un rapport étroit avec elle.

En ce qui concerne le dialogue avec vous-même, c'est un très bon moyen de vous connecter à votre inconscient, trop souvent laissé de côté : il possède souvent les réponses à vos questions, il est donc dommage de le faire taire ! Par exemple, utilisez ce dialogue pour aiguiser votre intuition, interpréter vos rêves, faire le tri entre les signes réels et fantasmés, explorer quelques facettes de vos vies antérieures, démêler un problème dans lequel vous avez du mal à voir clairement...

BOURSE RUNIQUE

Pour conserver vos runes quand vous ne les utilisez pas, pensez à leur confectionner une petite bourse. Pas besoin d'être un virtuose de la couture pour cela, vous pouvez y parvenir sans même approcher une seule aiguille !

Munissez-vous d'un cercle de tissu suffisamment grand pour contenir vos runes et nouez-le en formant une bourse à l'aide d'un ruban ou d'une cordelette. Vous pouvez même faire d'une pierre (runique) deux coups en choisissant un tissu épais qui constituera, une fois déplié, votre tapis de tirage ! La cordelette, quant à elle, pourra servir à délimiter Miðgarðr si vous utilisez ma méthode.

Si vous vous sentez d'humeur créative, voici quelques autres idées :

- Réalisez une bourse en cuir en découpant un large cercle. Percez des trous le long de son périmètre, en laissant quelques centimètres libres : vous y passerez une cordelette pour resserrer et fermer votre bourse. Là encore, cela peut être votre tapis de tirage une fois ouvert.

- Tricotez ou crochetez une bourse avec de la laine, du fil de coton ou de lin : il existe de nombreux tutoriels et patrons sur Internet que vous pourrez personnaliser à votre guise.

- Réutilisez un petit sac en tissu (comme ceux dans lesquels on range les bijoux ou la lingerie, qui sont souvent très jolis), que vous pourrez personnaliser en le brodant ou en y dessinant avec de la peinture pour tissu. Pensez à le purifier avant.

- Si le format bourse ne vous plaît pas, vous pourriez envisager une escarcelle runique, un tube rigide (comme ceux dans lesquels on protège les documents), une petite boîte (les rayons d'arts créatifs vendent de petites boîtes en bois que vous pourrez décorer, peindre, pyrograver...), etc.

Gardez simplement en tête que les matériaux naturels sont toujours préférables, car ils n'interfèrent pas avec les énergies.

INCONSCIENT

Chapitre 15

Clins d'œil runiques

Plus vous étudierez les runes, plus leurs silhouettes anguleuses vous deviendront familières, au point que vous commencerez à discerner des formes figuratives vous permettant de les reconnaître plus facilement et de retenir aisément leurs propriétés. Cornes d'aurochs derrière les branches Feoh, stalactite le long d'Isa, épine sur une tige d'aubépine dans le tranchant de Þorn, mage bras levés au ciel incantant sous la forme d'Eolh... Laissez votre esprit vagabonder et votre imagination vous souffler des idées au creux de l'oreille, votre apprentissage n'en sera que plus riche et plus amusant.

Mais viendra également un moment où vous commencerez sans le moindre doute... à voir des runes partout ! Ici, une fissure sur un mur esquissera le tracé de Mannaz, là c'est une feuille malmenée par le vent qui ressemblera à Ing, tandis que les nuages vous feront un clin d'œil jumeau d'Ōþalan...

Des signes ?

Rien de très étonnant me direz-vous, car finalement les runes revêtent des formes très simples, facilement observables dans la nature sans qu'elles en soient forcément la cause, mais plutôt imputables au hasard ou à la nature elle-même.

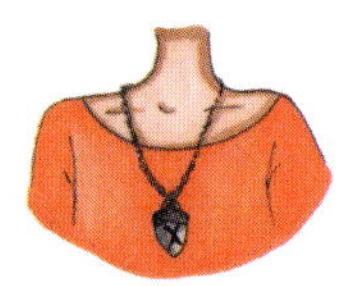

Alors comment savoir si la racine tortueuse sur le chemin est simplement atteinte d'un torticolis ou si elle dessine réellement Ur à votre intention ?

Tout est une question de travail sur l'ego, cette représentation consciente que nous avons de nous-même, et qui tente parfois de nous faire voir des choses là où il n'y en a pas, simplement dans le but de nous sentir mieux, meilleur, plus éveillé, puissant... magique. Voir un signe issu d'une culture aussi fantasmée, là où les « simples mortels » ne voient qu'une succession de lignes brisées, a certes une nette propension à gonfler notre petit ego. Il convient donc de rester le plus **lucide** possible.

Apprendre à les repérer

Déjà, si vous voyez une demi-douzaine de runes par jour, c'est mauvais signe : l'Univers ne peut pas vous envoyer autant de messages en si peu de temps, ce serait totalement contre-productif ! Un signe est, par définition, extraordinaire, c'est-à-dire qu'il sort totalement de votre quotidien et survient uniquement pour vous guider quand

15 - Clins d’œil runiques

vous en avez *réellement* besoin, pas simplement pour vous flatter. De plus, les signes ont tendance à se répéter pour nous aider à les repérer. Donc si vous voyez régulièrement (et ce, alors que cela ne vous arrive que très peu) depuis quelques temps la même rune se dessiner dans la mousse de votre café, les fissures du trottoir où vous marchez, les cheveux qui tombent de votre brosse ou les traces de cuisson laissées par votre grille-pain sur vos tartines, il y a peut-être anguille sous roche, oui !

En ce cas, dessinez la rune en question, faites des recherches sur elle, méditez sur son tracé, et essayez de comprendre ce qu’elle essaie de vous dire. Peut-être est-elle un conseil, une mise en garde, une tentative de vous faire prendre conscience de quelque chose qui vous empêche d’avancer, ou l’initiale d’un nom important dans votre vie en ce moment... Quoi qu’il en soit, écoutez-la ! Et quand vous aurez compris, n’oubliez pas de remercier l’Univers, les dieux ou ce en quoi vous croyez pour ce coup de pouce.

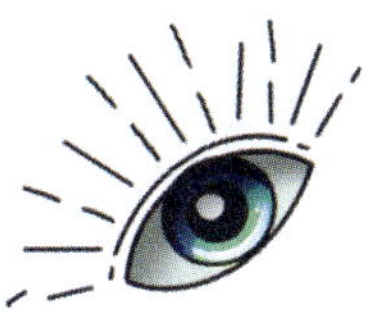

Être à l'affût : trouver des runes dans la nature

Sans tomber dans une obsession mystique vous poussant à voir des signes partout, même là où il n'y en a pas, ouvrez l'œil quand vous vous promenez, en particulier dans la nature : ne cherchez pas des runes absolument, car vous obligeriez votre imagination à vous mettre sur une voie glissante, mais essayez plutôt de vous plonger dans un état d'esprit ouvert, conscient et réceptif. Des branches, des pierres, des herbes, des empreintes dans la boue, peuvent former des runes, juste là, sous vos yeux. Faites-en une liste mentale (et seulement mentale, interdiction de noter quoi que ce soit ou, pire, de prendre des photos), et une fois de retour chez vous, écrivez ce que vous avez vu. Vous allez peut-être en oublier, c'est tant mieux ! Considérez que c'est votre intuition qui fait le tri entre ce qui est utile pour vous et ce qui ne l'est pas.

Méditez un peu sur ces signes reçus : quelles runes sont apparues ? Que veulent-elles dire ? À votre avis, pourquoi ont-elles été mises sur votre chemin ? Quels sont leurs messages ? Que peuvent-elles vous enseigner ?

Amusez-vous à les dessiner, éventuellement en ajoutant à votre croquis les éléments naturels qui les formaient : cela vous aidera dans votre processus de mémorisation, au même titre que les dessins que vous avez esquissés à l'issue des chapitres 6 à 8. Vous pourriez d'ailleurs reprendre ces derniers pour les enrichir de symboles et d'images à la lumière de cette exploration sur le terrain.

N'hésitez pas à noter tout cela dans votre journal runique, votre livre des ombres ou votre journal quotidien.

La rune þorn croisée au détour d'un sentier…

15 - Clins d'œil runiques

Mots croisés

Placez dans la grille les mots correspondants aux définitions suivantes. Les lettres dans les cases colorées vous permettront de reconstituer le nom de l'Arbre du Monde.

Verticalement :

1 – Patron de la seconde *aett*

2 – Pays du roi Harald à la Belle Chevelure

3 – Coursier d'Oðinn

8 – L'écureuil d'Yggdrasil

Horizontalement :

3 – Pays où se trouve le temple d'Uppsalla

5 – Patron de la première *aett*

6 – « Dieu » chaotique volontiers malveillant

7 – Lance d'Oðinn

9 - Patron de la troisième *aett*

Réponse

_ _ _ _ _ _ _ _ _

Chapitre 16

Fabriquer ses runes

Créer son propre set runique n'a rien de compliqué et vous aurez ainsi le plaisir d'avoir entre les mains un outil qui vous ressemble et qui sera parfaitement adapté à votre pratique. Mais naturellement le choix des matériaux a son importance et il convient de bien réfléchir avant de se lancer pour trouver la combinaison la plus appropriée !

Le bois

Découpez des disques de bois avec une scie mécanique ou des bâtonnets, que vous graverez ou pyrograverez. L'essence du bois choisi ajoutera sa magie à votre jeu : le frêne (pour Yggdrasil ou pour Askr, l'arbre qui devint le premier humain mâle), le noisetier (magique par excellence, utilisé pour la magie runique scandinave), l'if (là encore pour Yggdrasil, mais attention, c'est une essence toxique, il faudra donc vous laver les mains), la vigne ou l'orme (pour Embla, premier humain femelle), le chêne (magique auprès des Germains), etc. Vous pourriez même envisager une essence différente pour chaque rune ! Certaines (Beorc, Eihwaz) sont liées à un arbre, pour les autres, aidez-vous de leur symbolique et de celle des arbres.

La pierre

Tracez, peignez ou gravez sur des galets, de petites pierres plates ou même des cristaux. Là encore, choisissez le support en fonction de vos symboliques personnelles ou de la rune. Certaines pierres, comme la stéatite, sont assez faciles à graver.

L'os

Vous pouvez également réaliser vos runes en peignant ou gravant des os que vous récolterez dans la nature (n'achetez pas d'os, vous ne pouvez jamais être sûr de leur provenance et vous ne voudriez pas mêler aux énergies de vos runes celles d'un animal ayant agonisé dans un abattoir). Si vous parvenez à identifier l'animal auquel ils ont appartenu, il peut être intéressant de mêler sa symbolique à celle des runes (vous pouvez même constituer un jeu composé d'os de plusieurs animaux différents, en choisissant des associations intéressantes pour vos runes).

16 - Fabriquer ses runes

L'argile

Ou la terre cuite, la pâte à sel… Le modelage permet d'incorporer votre essence au plus profond de chaque rune, ou d'ajouter un élément à l'intérieur (poudre de plante, sang, salive…). Mais les runes ainsi confectionnées peuvent être fragiles, pensez donc à les protéger (en les vernissant, par exemple).

Les graines

Vous pouvez tracer vos runes sur de grosses graines (glands, châtaignes, marrons, noisettes, noyaux…) en les peignant ou pyrogravant. Attention, elles peuvent rouler assez loin quand vous les jetez !

Les cartes

Vous pouvez tracer vos runes sur de petits rectangles ou carrés de carton. Plusieurs oracles runiques, illustrés par des artistes, sont commercialisés, mais réaliser votre propre jeu peut être intéressant. Choisissez un carton résistant et plastifiez-le éventuellement (certes, le plastique n'est pas terrible, mais c'est un excellent moyen de conserver longtemps votre jeu en bon état).

> Posez-vous les bonnes questions. Votre jeu n'a pas pour vocation d'être beau, car en théorie vous n'aurez pas à le montrer à quelqu'un d'autre qu'à vous-même ou la personne pour laquelle vous les jetterez. Sortez-vous des considérations esthétiques dictées par la mode et les réseaux sociaux pour choisir ce dont vous avez **besoin**.

FABRIQUER SES RUNES

Entraînement à la divination

Pour muscler votre intuition de *völva* (sorcière prophétesse) en herbe, amusez-vous à essayer d'interpréter les tirages suivants :

1. Léopoldine prépare un concours d'entrée pour une école de commerce. Pour cette jeune femme de 19 ans qui ne sait pas exactement ce qu'elle veut faire dans la vie et possède un excellent dossier scolaire, c'est une option honorable, mais qui lui coûtera beaucoup de temps et d'investissement, sans doute au détriment de sa passion pour la peinture. Elle se demande si elle fait le bon choix, si cette voie lui permettra de s'épanouir et si elle supportera la pression.

   Elle choisit un tirage en 3 runes : ce qu'elle croit savoir, les raisons pour lesquelles elle ne voit pas certains aspects de la situation et la situation telle qu'elle est réellement.

   Elle tire les runes Sōwilō, Týr et Raidō.

   Qu'en pensez-vous ?

2. Bartolomé vient d'emménager dans une ville où il ne connaît personne. D'un naturel solitaire, il commence à souffrir de l'isolement et se demande ce qu'il pourrait faire pour rencontrer plus de gens… et peut-être entamer une relation amoureuse.

   Il choisit un tirage en 3 runes : les atouts, les obstacles, l'évolution possible de la situation.

   Il tire les runes Ás, Naudiz et Feoh.

   Qu'en pensez-vous ?

DIVINATION

AU SECOURS, MES RUNES ME BOUDENT !

Si vous interrogez régulièrement les runes, vous constaterez que, quelque fois, elles semblent soudain muettes ou délivrer des messages complètement incohérents. Alors que la veille encore leur message était clair comme de l'eau de roche, subitement, c'est un charabia incompréhensible. Pas de panique, buvez une grande tasse de thé, respirez un bon coup et essayez une de ces solutions :

- Posez votre question différemment : vos runes ne sont peut-être pas incohérentes mais vous, vous pouvez l'être ! Si votre question est mal posée, il est normal que la réponse soit maladroite. Soyez toujours très clair et précis. Par exemple, ne demandez pas « Vais-je rencontrer l'amour ? » (la réponse sera invariablement « oui », car vous ne précisez ni le temps ni le type d'amour), mais plutôt « Vais-je, au cours de cette saison, rencontrer une personne avec laquelle entamer une relation amoureuse ? »

- Demandez-vous si cette question mérite vraiment d'être posée : ne connaissez-vous pas déjà la réponse, au plus profond de vous ? Tout comme votre meilleur(e) ami(e) lève les yeux au ciel quand vous lui parlez de retourner avec votre ex (qui ne vous mérite pas), les runes peuvent exprimer ainsi leur exaspération ou leur désapprobation devant une question dont la réponse est (trop) évidente.

- Laissez tomber ! Le moment est peut-être tout simplement mal choisi, vos émotions trop contradictoires, votre mental trop en ébullition pour canaliser un message clair. Allez vous promener, prenez un bain, allez à votre cours de boxe, bref, défoulez-vous et retournez à vos runes dans quelques jours, quand l'orage sera passé.

- N'oubliez pas que, comme dans toutes choses dans la vie, certaines questions ne peuvent simplement pas obtenir de réponse...

Chapitre 17

Intermède mythologique : Týr et le loup Fenrir

Décidément, Loki avait des fréquentations discutables. Voilà qu'avec la géante Angrboda, il avait enfanté trois charmants bambins : Jörmungandr, un serpent géant, Hel, une déité féminine dont la moitié du corps était noire de putréfaction, l'autre bleue de nécrose, et Fenrir, un louveteau qui lorgnait sur le Soleil et la Lune avec un peu trop d'avidité. Si les deux premiers furent faciles à gérer (on enroula Jörmungandr autour de Miðgarðr pour le maintenir en place et on envoya Hel régner sur le monde des morts), Fenrir ne cessait de grandir et de devenir chaque jour plus féroce et menaçant. Les dieux décidèrent de le garder à l'œil à Ásgarðr, mais bientôt, il fut trop menaçant : jurant de dévorer un jour la Lune et le Soleil, il était près d'atteindre la taille qui lui permettrait de mener à bien ce terrible dessein.

Les dieux décidèrent donc de l'attacher. Pour endormir sa méfiance, ils en firent un jeu, le mettant au défi de se défaire de ses liens. Fenrir, qui était un épouvantable vantard, s'y prêta volontiers. La première chaîne, appelée Loeding, ne dura pas bien longtemps. La seconde, pourtant plus solide, Dromi, n'eut pas plus d'efficacité. Résignés, les dieux finirent par faire appel aux nains. Ces derniers travaillèrent d'arrache-pied à la confection d'une chaîne merveilleuse, forgée à partir de six ingrédients subtils : les bruits de pas d'un chat, la barbe d'une femme, les racines d'une montagne, les nerfs d'un ours, l'haleine d'un poisson et le crachat d'un oiseau. Ce lien extraordinaire, fin et soyeux comme un ruban, fut nommé Gleipnir.

Son aspect éveilla les soupçons de Fenrir, qui rétorqua qu'il n'aurait aucun prestige à se libérer d'un ruban aussi fragile. Les dieux, ennuyés, insistèrent. Avancèrent que les apparences étaient parfois trompeuses, que la chaîne n'était pas si fine que cela. Suggérèrent que Fenrir manquait de courage. Le loup n'était pas un imbécile : il ne s'en méfia que davantage. Mais son honneur était en jeu : il accepta le défi, à la condition qu'un dieu mette sa main droite dans sa gueule, en gage de bonne foi.

FENRIR

17 - Intermède mythologique : Týr et le loup Fenrir

« Pour endormir sa méfiance, ils en firent un jeu, le mettant au défi de se défaire de ses liens. Fenrir, qui était un épouvantable vantard, s'y prêta volontiers. »

On imagine l'embarras des dieux. Ils hésitèrent tant que Fenrir fut à deux coussinets de découvrir la vérité. C'était sans compter sur Týr, le dieu céleste de la guerre juste, le seul qui avait encore suffisamment de courage pour nourrir le loup lui-même. Sans un mot, il plongea le poing dans sa gueule et les dieux lui passèrent Gleipnir.

Fenrir tira, se débattit, se cabra, se démena, mais rien n'y fit : chacun de ses efforts ne faisait que resserrer le lien autour de lui et l'emprisonner davantage, sous les vivats des dieux aux anges. De rage, il serra les dents de toutes ses forces, sectionnant net la main de Týr. Pauvre Týr. En perdant sa main droite, il renonçait à porter les armes et donc à la souveraineté. Mais c'était pour le plus grand Bien.

Les dieux attachèrent Gleipnir au sol et mirent une épée dans la gueule de Fenrir pour lui passer l'envie de mordre, la garde reposant sur sa langue, la pointe sur son palais. Il bava tellement de rage et de colère qu'il en forma deux fleuves, Ván (« espoir ») et Víl (« volonté »). Et il resta ainsi jusqu'au Ragnarök.

Vrai ou faux ?

Saurez-vous démêler les vraies des fausses affirmations ci-dessous ?

V	F	
o	o	1. Les Vikings employaient le Fuþark à 24 signes pour écrire.
o	o	2. Si je souffre d'une bronchite, je peux graver des runes de guérison sur mes aliments pour m'aider à guérir.
o	o	3. Il faut être païen Ásatrúar pour tirer les runes et travailler avec elles.
o	o	4. Les guerriers vikings arboraient des tatouages runiques pour se protéger.
o	o	5. Je peux écrire en français avec des runes.
o	o	6. Une rune inversée voit son sens inversé également.
o	o	7. Il existe une vingt-cinquième rune, blanche, nommée Wyrd.
o	o	8. Les runes étaient abondamment employées en magie à l'époque médiévale en Scandinavie.
o	o	9. Seul le Fuþark à 24 signes peut être employé en divination.

Jeu à relier

En fonction de ce que vous connaissez des runes, reliez ces mots-clefs à la rune correspondante.

1. Générosité	o	o	ᚨ
2. Imprévu désagréable	o	o	ᛟ
3. Sacrifice nécessaire	o	o	ᛗ
4. Généalogie	o	o	ᚺ
5. Faveur divine	o	o	ᛚ
6. Poésie	o	o	ᚷ
7. Purification de l'âme et du corps	o	o	ᛉ
8. Force brute	o	o	ᛏ
9. Humanisme	o	o	ᚢ

17 - Intermède mythologique : Týr et le loup Fenrir

À chaque situation, sa rune !

Même dans les moments les plus banals du quotidien, les runes peuvent trouver leur écho. Trouvez la rune la plus appropriée pour chacune de ces situations :

1. Raconter des anecdotes amusantes de votre vie à vos enfants : ....
2. Partager un repas entre amis : ....
3. Découvrir un secret : ....
4. Être bloqué dans un embouteillage : ....
5. Réfléchir à un nouveau projet : ....
6. Allumer le four pour cuisiner : ....
7. Prendre le volant pour aller quelque part : ....
8. Toucher une augmentation au travail : ....
9. Donner une conférence : ....

1 - Que sont les runes ?

Mot mystère

1		F	U	T	**H**	A	R	K					
2					**A**	E	T	T					
3					**V**	I	K	I	N	G			
4	A	L	P	H	**A**	B	E	T					
5					**M**	A	G	I	E				
6			S	C	**A**	N	D	I	N	A	V	I	E
7			V	A	**L**	K	I	R	I	E			

1. Futhark : qui s'écrit en réalité « Fuþark ». Ce mot est la transcription phonétique des six premières runes : Feoh, Ur, þorn, Ás, Raidō et Ken.
2. Aett : *aett* (au pluriel : *aettir*) signifie « famille » en vieux norrois.
3. Viking, même si les Vikings ne sont pas un peuple à proprement parler, plutôt un phénomène ethnique et social.
4. Alphabet : à noter que ce mot est construit comme le terme « Fuþark », à partir de la transcription phonétique des premiers caractères qui le composent, en l'occurrence ici les deux premières lettres grecques, Alpha et Beta !
5. Magie
6. Scandinavie : cette région historique et culturelle d'Europe du Nord rassemble la Norvège, la Suède et le Danemark. On ne doit pas la confondre avec les « pays nordiques », au sens plus large, qui y ajoutent l'Åland, la Finlande, l'Islande, le Groenland et les îles Féroé.
7. Valkyrie : ces suivantes d'Oðinn sont, dans la mythologie nordique, des vierges guerrières capables de se transformer en cygnes pour aller chercher les âmes des guerriers sur le champ de bataille. Leur nom provient des mots *val* (« choisir » en vieux norrois) et *kyrja* (« abattre ») qui signifie littéralement « qui choisissent les abattus [au combat] ».

Quiz

1) b. Ce fut pourtant loin d'être le premier raid ! Grégoire de Tours, dans son *Decem libri historiarum*, en mentionne déjà deux d'importance en 512 et en 520, dirigés sur l'Austrasie, un royaume franc. Mais l'attaque de Lindisfarne marque un tournant dans l'expansion viking : n'ayant rencontré que très peu de résistance, elle ouvrit la porte à une vague d'autres expéditions suivies d'installations coloniales durant les deux années suivantes sur les côtes irlandaises, en particulier sur l'île d'Iona, qui donnèrent naissance à l'image barbare du pillard viking tel qu'on le connaît aujourd'hui.

2) c. Le mariage s'appelait *brúðlaup* et la cérémonie du sacrifice *blót*.

3) b. Le mot « scalde » vient peut-être du proto-germanique *skalliz*, signifiant « son » ou « voix ». La poésie scaldique est très particulière, fondée sur un jeu d'allitérations, de rythme syllabique et d'accentuation. Des figures de style emblématiques en rendent parfois la lecture difficile : le heiti (sorte de métonymie, où un mot prend la place d'un autre par un rapport de lien logique : le bouclier = le tilleul, car les boucliers étaient souvent confectionnés dans ce bois) et le kenning (périphrase métaphorique : le marin peut être désigné par « le cavalier du coursier des vagues », par exemple).

Les skjaldmö (« vierge au bouclier ») sont des femmes guerrières, armées de boucliers, dans la mythologie nordique, inspirées des Valkyries. Même si l'on sait que des femmes prenaient parfois part aux combats, il n'existe aucune preuve historique de leur organisation sous ce terme.

Les bondr (singulier bondí) sont tout simplement les citoyens, les hommes libres, propriétaires terriens.

4) a. Eh non, le drakkar n'existe pas, c'est un néologisme inventé dans les années 1840 à partir du mot dreki (« dragon »), car la proue des navires était souvent sculptée en forme de dragon. Mais le terme n'a aucun sens étymologiquement parlant.

Un caïque est un petit bateau commercial à rames et/ou voile utilisé à l'origine dans le bassin oriental de la Méditerranée.

Gungnir, quant à lui, est le nom donné à la reconstitution du voilier viking de Gokstad, réalisé en 2001. Mais son nom renvoie à celui... de la lance d'Oðinn ! Le knörr, en revanche, est le nom générique donné aux bateaux commerciaux les plus fréquemment présents dans les flottes scandinaves.

5) c. Contrairement à l'imagerie populaire, les vikings étaient plutôt sobres dans leur armement, et les casques à cornes auraient été trop lourds et très dangereux sur un champ de bataille (car ils constituent une prise facile pour l'opposant). En revanche, les « lunettes » protégeaient efficacement le nez et le contour des yeux, et étaient donc très populaires sur les casques !

6) d. N'en déplaise aux rêveurs et aux adeptes de longues histoires, la grande majorité des inscriptions runiques se résument à « Un Tel a gravé ces runes », parfois après une brève commémoration, souvent dédiée à un parent disparu. Il existe des récits runiques gravés et des imprécations religieuses, mais elles sont plutôt rares.

7) d. Les runes sont avant tout un alphabet. Leur usage par les vikings en fit un vecteur de magie, mais la divination à l'aide des runes est un usage vraisemblablement moderne (la divination viking passait par d'autres supports, en particulier la transe et les visions, dans le cadre, par exemple, du *seiðr*). Le seul témoignage d'un tel usage, par les Germains, nous vient de Tacite dans sa *Germanie* (encore que les runes ne soient pas mentionnées, puisque c'est le mot « signe » qui est utilisé) et est considéré particulièrement suspect dans la mesure où le récit date de 98 (c'est-à-dire bien avant l'usage attesté des runes par les Germains) et aussi parce que... Tacite n'a jamais mis lui-même les pieds en Germanie.

8) a. Eh oui ! Les Vikings montaient des... poneys. Ou plutôt, de très petits chevaux, légers et résistants. Les deux races issues de ces animaux, encore existantes aujourd'hui, l'Islandais et le Fjord, ne mesurent pas plus d'1 m 35 à 1 m 55 au garrot.

9) d. Rien n'est plus complexe que Loki. Assimilé aux Ases, qui l'accueillent dans leurs rangs, il est plutôt Jötun par ses parents, Vane par ses pouvoirs de métamorphose et

ses attributions, et surtout pénible et retors. Particulièrement populaire aujourd'hui chez les païens qui y voient le « trickster », l'agent incontrôlable source de chaos dans tout récit mythologique, il était plutôt craint et méprisé par les scandinaves, qui ne lui vouaient vraisemblablement aucun culte.

10) c. Il faut bien quelques vertus pratiques ! Mais même ainsi, graver des runes était considéré comme un art particulièrement délicat, au point que certains graveurs se vantaient ostensiblement de leur talent sur les pierres runiques. En témoigne une gravure de Moeshowe, dans les îles Orcades, datée d'environ 1152-1153 :

« Grava ces runes l'homme

Qui sait le mieux graver à l'ouest au-delà de la mer

Avec la hache que posséda Gaukr

Fils de Trandils dans le sud du pays. »[1]

Une bien belle modestie.

1. BOYER (Régis), *L'Edda poétique*, *op. cit.*

2 - Clichés et idées reçues

Mots croisés

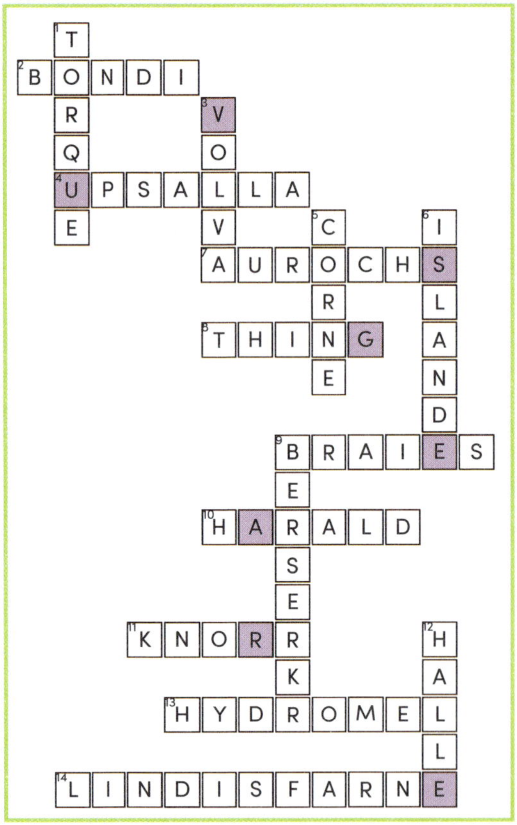

Horizontal

2. Homme libre
4. Ville de Suède célèbre pour son temple
7. Bovin
8. Assemblée
9. Pantalon
10. À la Belle Chevelure
11. Bateau viking
13. Boisson sacrée
14. Raid décisif pour l'histoire

Vertical

1. Collier
3. Prophétesse
5. À boire
6. Île colonisée au IXe siècle
9. Chemise d'ours
12. Maison de maître

Mot à trouver : Varègues

Qui a dit quoi ?

1. Oðinn
2. Loki
3. þórr
4. Skaði
5. Frigg

a. Et, de plus, je sais que vous allez me qualifier de minable, et cela me déplaît.

b. Sous la forme d'un sorcier,
Tu allas parmi les peuples,
M'est avis que c'était couillonnade.

c. Avec un demi-pain,
Et une coupe presque vide,
Je me suis fait un camarade.

d. Heureux soit ton voyage !
Heureux, ton retour !
Heureux sois-tu au partir et au retour !

e. Il ne doit pas y avoir grand-chose de laid en Baldr.

1. c : *Hávamál*, strophe 52.

2. b : Franchement, vous en doutiez ? Sacré Loki. *Lokasenna*, strophe 23.

3. a : *Gylfaginning*, chapitre 47.

4. e : *Skáldskaparmál*, chapitre 1.

5. d : *Vafthrúdnismál*, strophe 4.

3 - Les différents Fuþark

Défi journalier

1. Le défi du soir

Il existe énormément de possibilités, voici une proposition :

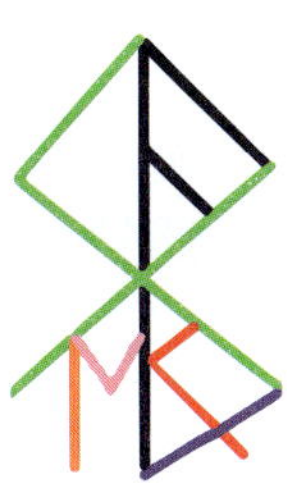

2. Le défi du matin

Voici une proposition pour le sigil d'Elinor :

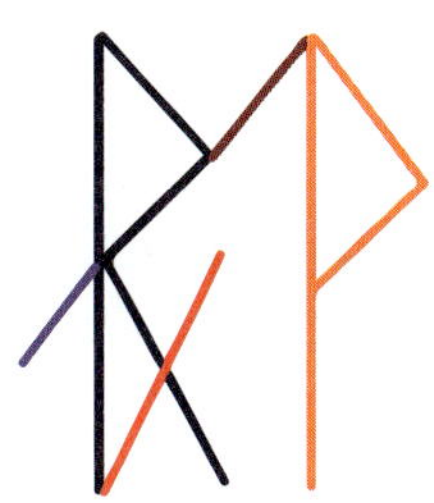

Labyrinthe

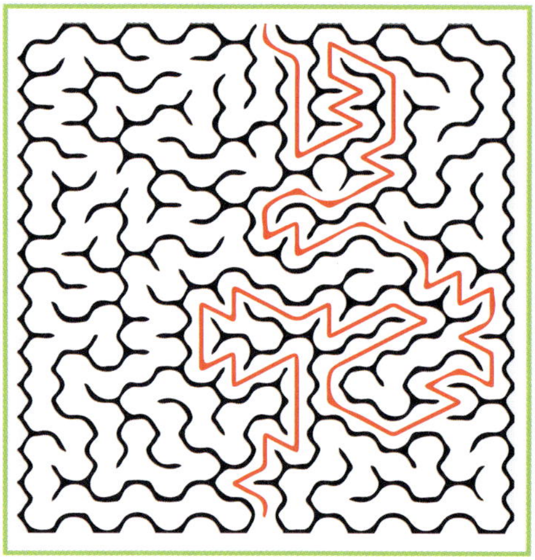

Vous avez dû ramasser sur votre route ᛊ ᚨᛚᚢ ᚨ ᛊᛖ ᚲᛁ ᛖᚲᚢᛏᛖᚱ, ce qui nous donne « *Salut à ceux qui écoutèrent* », soit le dernier vers (de bénédiction) des *Hávamál*.

Les signes sous les runes indiquent un affaiblissement de leur son pour les plier à la transcription du français.

4 - L'usage des runes

Testez vos connaissances !

1. Vrai

2. Faux, ce mot signifie « année, cycle » en vieux norrois.

3. Faux, elle suit Eolh.

4. Vrai, Ás étant la rune du langage et de l'éloquence, l'ingérer est particulièrement pertinent.

5. Faux, Ing fut nommée elle aussi d'après un dieu, Freyr, dont c'est l'autre nom.

6. Faux, même si je peux choisir de l'y laisser si elle correspond à mon but, il vaut mieux essayer de ne tracer que les runes prévues au départ, pour ne pas trop brasser d'énergies différentes.

7. Vrai, car il s'agit d'une langue anglo-saxonne. Hélas, c'est la raison pour laquelle les livres nous donnent aujourd'hui des correspondances hasardeuses entre les runes et nos lettres de l'alphabet : les auteurs anglophones n'avaient pas à faire de gros efforts d'adaptation, mais la distinction entre nos deux langues a été laissée de côté au moment de la traduction, se contentant de copier les tableaux de correspondance.

8. Faux. Même si les pétroglyphes portent quelques ébauches de graphies qui évolueront vers un langage écrit, les runes ne sont apparues que vers l'an 200, et le Fuþark à la fin du IVe siècle. D'ailleurs, en passant, tordons le cou à une erreur que l'on voit trop souvent : quand on parle d'âge du bronze, en ce qui concerne les runes, on évoque évidemment l'âge du bronze scandinave (-1500 à -500 environ), en aucun cas le nôtre (en réalité lui-même à cheval entre deux périodes, l'âge du bronze atlantique et la culture des champs d'urnes) qui date, lui, de -2300 à -800 environ !

9. Faux... et vrai ! Ils les utilisaient avant tout pour l'écriture, mais l'ère viking a été l'apogée de leur usage au sein des rites magiques.

10. Faux, Sōwilō est bien liée au soleil, mais cet astre est personnifié par… une déesse. Oui, c'était un piège odieux. La lune, quant à elle, l'est par un dieu. Cette inversion provient probablement de l'image que les peuples scandinaves ont eu de ces astres, car c'est une notion que l'on retrouve fréquemment dans les cultures septentrionales. Au nord de l'Europe, le soleil est doux, attendu avec joie et plaisir, et relativement faible, en particulier en hiver. Sa chaleur est rarement écrasante, ce qui explique qu'on lui ait attribué des traits féminins et nourriciers, doux et paisibles. La nuit, en revanche, est souvent froide, dangereuse, et peut durer très longtemps en hiver, rendant le quotidien difficile : on ne s'étonne donc pas de ses associations plutôt masculines et guerrières, assez dures et parfois cruelles. En revanche, sous nos latitudes, où le soleil peut vite brûler impitoyablement les cultures, on a plutôt une vision masculine de l'astre du jour et féminine de la lune.

11. Vrai ! Eh oui, notre langue a aussi quelques racines proto-germaniques.

12. Faux. Même si l'*aett* qui débute par cette rune lui est consacré, les racines étymologiques d'Heimdall et de la rune Hagall sont très différentes. Cependant, l'Ase blanc est souvent associé aux mythes fondateurs, notions exprimées par Hagall (la grêle = le froid primordial), ce qui explique sans doute cette association (sans oublier la position centrale de cet *aett*, « pont » entre les deux autres, tout comme Bifröst entre Ásgarðr et Miðgarðr).

13. Faux, le son qu'elle produisait a tout simplement disparu au cours de la mutation de la langue.

14. Vrai. Cette jolie combinaison l'aidera à se protéger (Eolh), à obtenir justice (Týr) et à trouver sa place parmi ses amis (Wunjō). Et, naturellement, je ne me contente pas d'un talisman : je prends aussi rendez-vous avec les responsables scolaires et la famille des harceleurs…

15. Faux, ce serait même plutôt l'inverse ! Certaines runes n'ont absolument rien à faire dans un tatouage et les 24 signes ensembles génèrent de toute façon des énergies bien trop nombreuses, différentes et contradictoires pour être profitables. Au mieux, cela sera tellement confus que cela ne produira absolument rien, au pire cela mettra en permanence en mouvement des énergies opposées.

5 - Intermède mythologique : Freyr & Gerdr

Jeu à relier

1) b. Même si Freyja a acquis le droit de vivre à Ásgarðr, son mari reste un Vane, dont la résidence est à Vanaheim.

2) e. Loki a beaucoup de sang de géant, Nótt est elle-même une géante (comme la plupart des personnifications d'une force primordiale), ce qui fait de Narfi un þurse (« géant ») du givre.

3) g 4) h 5) i

6) f. Les tertres sont un lieu d'inhumation, ce qui indique qu'Ok est un Alfe sombre.

7) a. Sif et þórr étant tous deux Ases, il importe peu de connaître la nature du père biologique d'Ullr.

8) c. S'il règne sur l'orge, Eld est un Alfe blanc, une divinité mineure de la végétation et de la fertilité. Sa place est donc ici.

9) d. Selon toute vraisemblance, vous allez à Miðgarðr, non ?

1. Óðr, le mari de Freyja
2. Narfi, fils de Loki et de Nótt, personnification de la nuit
3. Albéric, roi déchu des Nibelungen
4. Un feu follet
5. Le fantôme de votre arrière-grand-mère, décédée de son grand âge
6. Ok, un Alfe qui règne sur les tertres
7. Ullr, le fils de Sif de père inconnu, adopté par son époux, Þórr
8. Eld, un Alfe qui règne sur l'orge
9. Et vous, où allez-vous ?

a. Ásgarðr
b. Vanaheim
c. Álfheim
d. Miðgarðr
e. Jötunheim
f. Svartalfheim
g. Nilflheim
h. Muspellheim
i. Helheim

Mots mêlés

F	U	E	N	J	X	M	I	E	H	L	E	H	I	L	T	Q	B	J	Z
A	X	O	U	N	I	V	E	R	S	C	C	C	Z	L	T	N	J	Q	H
H	T	B	Ç	W	S	R	J	S	P	X	E	K	L	S	S	I	O	M	E
U	M	O	N	D	E	S	D	N	S	I	T	I	J	O	S	L	T	I	N
A	L	F	H	E	I	M	T	S	V	O	S	Z	X	J	J	F	U	A	E
E	R	R	D	R	A	G	S	A	A	A	T	N	B	L	M	L	N	D	R
T	M	D	S	X	Ç	T	N	I	R	M	I	N	S	U	L	H	H	R	F
R	W	R	R	K	T	I	S	D	T	N	U	I	A	T	D	E	E	A	U
U	D	W	T	A	D	L	G	I	A	C	P	D	F	F	N	I	I	G	Z
D	T	N	Y	N	G	G	I	C	L	I	J	O	N	W	Ç	M	M	O	X
L	H	E	A	E	Y	D	P	I	F	C	M	W	C	V	M	U	N	N	S
I	O	C	Ç	G	O	U	I	Y	H	U	Y	Ç	D	M	S	B	F	Q	Q
O	S	U	S	N	N	L	H	M	E	L	T	F	E	P	E	I	M	U	S
U	O	R	J	Z	I	U	E	R	I	M	H	P	E	A	N	F	I	W	Ç
X	O	E	A	V	E	L	M	J	M	Q	O	L	Ç	R	R	R	E	F	F
R	E	U	Y	H	G	T	U	R	E	T	L	D	G	G	O	O	H	R	D
T	L	I	O	I	S	H	M	L	O	H	O	F	Ç	T	N	S	A	E	J
Q	S	L	A	Q	H	O	O	X	E	J	G	V	U	I	D	T	N	Y	U
Ç	T	P	Z	T	C	R	O	I	A	Z	I	F	R	E	Y	J	A	R	P
R	I	M	Y	Y	D	R	M	H	H	O	E	W	N	A	Y	M	V	T	Z

Labyrinthe

6 - Les runes en magie (1)

La formule du nídh

1. Formulation du souhait (volonté, déclaration d'intention), appel aux dieux (invocation), désignation de la cible.

C'est étonnamment proche des formules et incantations modernes, n'est-ce pas ? En effet, ce schéma est très traditionnel et vise à énoncer clairement sa volonté pour mieux pousser les dieux à agir. Seule manque la formule de remerciement que l'on ajoute aujourd'hui et qui nous vient probablement des traditions chrétiennes.

2. Oðinn d'abord, puis Njörd et Freyr, et enfin Þórr. Si l'on se penche sur la fonction tripartite, on commence par la première (sacerdotale), puis la troisième (fertilité/fécondité) et enfin la deuxième (guerrière). C'est logique, vis-à-vis du déroulement du rituel : on commence par indiquer que l'on pratique la magie (sacerdotale), puis on la fait venir dans le monde physique (fertilité) et enfin on précise la forme offensive que cette magie doit prendre (guerrière). C'est un magnifique exemple… de canalisation !

3. Un *kenning*.

4. La précision ! Les prénoms comme Eiríkr et Gunnhildr étaient aussi répandus que nos Mathéo et Clara aujourd'hui, il fallait donc être sûr que le sortilège frapperait bien les cibles visées. En donnant leur fonction, on s'assurait ainsi de ne pas se tromper...

5. Il n'y a pas de bonne ou de mauvaise réponse, mais pour vous donner une idée, voici ma version pour un rituel de bénédiction de la maison :

Que les dieux me soutiennent,
Que les dieux étendent leur protection sur cette demeure,
Bienveillants soient les puissances et Oðinn,
Sur mon toit et sur mes biens,
Que fassent prospérer cette maison et tous ses habitants,
Freyr et Njörd,
Que l'Ase au marteau éloigne les foudres,
Qui pourraient s'abattre sur cette famille.

Remarquez que j'ai choisi de conserver l'ordre d'invocation des dieux et le *kenning* désignant þórr : ne pas le nommer directement permet de ne pas s'attirer sa colère, et de s'assurer ainsi qu'il ne vienne pas au moment de l'invocation.

Chassez l'intrus !

Runes : « Beorc » est la seule à être un arbre (le bouleau), les autres évoquent des animaux (Feoh peut en effet parler du bétail).

Dieux : « Freyr » est un Vane (dieu de fertilité/fécondité), les autres sont des Ases (dieux guerriers et spirituels)

Runes à dessiner dans la nourriture : « Naudiz » est une rune de blocage qui ne doit donc jamais être ingérée !

Créatures mythologiques : « Fafnir » est le seul à ne pas être un rejeton de ce filou de Loki ! C'est un dragon appartenant à la légende de Sigurdr.

Runes à dessiner sur soi : « Ken » signifiant « furoncle », vous n'avez certainement pas envie de la tracer sur votre peau, si ?

Enfants d'Oðinn : « Vili » est le frère d'Oðinn.

Runes pour écrire en français : « Þorn » produit le son [θ], qui n'existe pas en français (il est présent en anglais, produit par les lettres TH quand leur son est dur, par exemple dans ***th**ing* ou ***th**rough*).

7 - Les runes en magie (2)

Quelles runes pour ce sort ?

1. Il pourrait utiliser Gebō ou Wunjō pour symboliser l'amour qu'il porte à sa dulcinée (Gebō, s'ils sont simplement en couple, Wunjō, s'ils sont unis officiellement), Ur pour lui donner de la force (en la préférant à Týr, car il n'y a pas d'injustice dans cette histoire, mais plutôt une notion d'imprévu mieux couverte par

Ur) et, bien sûr, Feoh pour la prospérité, et pourquoi pas Dæg et Ás pour lui donner de l'éloquence lors de ses entretiens et la pousser vers un nouveau départ. Et vous, qu'aviez-vous envisagé ?

2. Pour le voyage, on glissera forcément Raidō quelque part dans l'équation. On peut également envisager de l'augmenter de Beorc (pour l'idée du projet qui se réalise et que l'on veut protéger, en la préférant à Ing puisque Marie-Apolline est une femme) et de Lagu et d'Eolh pour la protection lors de sa traversée de l'Atlantique d'une part, et contre tous les dangers d'autre part. Aviez-vous trouvé d'autres idées ?

3. Pour évoquer son retour à cette vie antérieure, Hengelbert peut combiner Ōþalan (ses racines) avec Ken (son métier de ferronnier), Eiwhaz (sa mort) et Peorð (l'idée de destinée). Il peut aussi envisager de glisser quelque part Jēra pour garder en tête que ce n'est qu'un cycle qui se renouvelle, Hagall pour y voir clair et se prémunir de retomber dans les mêmes erreurs et Mannaz pour se symboliser et ainsi mieux se comprendre lui-même. Et vous, que feriez-vous ?

Quel sort avec ces runes ?

1) c. La combinaison a), Beorc et Týr, comporte trop d'oppositions (féminin/masculin, attente/action, intérieur/extérieur) pour être supportée par une personne en état de faiblesse.

b) est risquée à cause de la présence de þorn, trop instable pour une personne malade.

d) risque d'avoir l'effet inverse à cause de Naudiz, qui pourrait bloquer l'action des autres, en particulier de Feoh.

c) en revanche, a tout bon : Lagu et Ur donneront de la force à la malade dans sa guérison et son traitement, Ken soutiendra le traitement en chassant la maladie pour qu'il agisse plus vite, et Feoh, tracée sur sa balance ou dans ses aliments, l'aidera à reprendre du poids.

2) a. b) est trop axée sur le passé : certes elle l'aidera à travailler sur le mauvais souvenir de son coven, mais elle ne le poussera pas à tourner la page pour en intégrer un nouveau.

c) est trop axée sur elle-même : Eolh est trop protectrice et Sōwilō trop égocentrée : Albert-Michel risquerait de se poser en « star » de son nouveau coven, et de s'attirer hostilité ou jalousie.

d) est trop contradictoire : þorn et Eiwhaz sont trop solitaires et offensives, tandis que Gebō est tournée vers *autrui* : bonjour l'ascenseur émotionnel !

a) en revanche, lui permettra de tourner rapidement la page de sa mauvaise expérience et de se montrer prêt pour en entamer une nouvelle (Dæg), de montrer qu'il désire un véritable échange et un rapport équitable avec les autres dans un esprit généreux et altruiste (Gebō), tout en s'intégrant rapidement au groupe (Wunjō).

3) b. a) est trop engluante. Certes, elle l'aidera à s'isoler (Isa) pour étudier efficacement sans se laisser distraire (ce dont elle a besoin, Naudiz), mais elle risque de la bloquer et de provoquer des retards : Wilhelmina pourrait se retrouver sur liste d'attente.

c) lui donnerait certes la force et le courage, mais la présence de Feoh augmenterait son stress, ce qui pourrait se révéler dramatique le jour J.

d) est trop dispersée : Jēra et Ing sont contradictoires (on a l'idée de passer à un stade supérieur avec Jēra, mais Ing indique que le projet serait encore en gestation, ce qui n'est pas le cas), Dæg et Ken, trop associées à un renouveau : Wilhelmina sait déjà dans quelle voie elle veut aller, un nouveau départ ne lui servirait à rien. Au contraire, elle s'inscrit dans la continuité de ses études.

b) est donc préférable : Týr symbolise la branche dans laquelle elle étudie, Ás et Mannaz l'aideront à préparer son examen, et Sōwilō à le remporter : un concours justifie l'emploi de cette rune, car il s'agit d'être la meilleure parmi les autres candidats, et pas seulement de faire de son mieux.

9 - Les runes en divination (2)

Chassez l'intrus !

Eolh : contrairement à une idée reçue, elle n'a rien à voir avec le féminin sacré.

Feoh : très matérielle, cette rune n'apporte pas la sagesse.

Sōwilō : l'amour n'est pas dans ses attributions, on s'y brûlerait les ailes !

Naudiz : elle ne soulage rien et se contente de contraindre.

Dæg : malgré son côté très céleste, Daeg ne connecte pas avec le divin.

Eihwaz : elle est trop chthonienne pour concerner le renouveau.

Raidō : elle n'est pas une rune de prospérité, même si elle peut être un moyen d'y parvenir !

Ing : elle précède l'accouchement, mais ne le concerne pas.

Isa : la protection ne figure pas dans ses attributions.

10 - Tirer ou jeter les runes ?

Fabriquer ses runes : choisir le bon matériau

1. Choisissez le matériau en conséquence : si vous voulez les jeter, optez plutôt pour la pierre ou le bois, plus solides. Si vous préférez les tirer, l'argile ou les graines pourront aussi convenir. Si vous souhaitez les utiliser en magie, choisissez un support neutre, qui n'entrera pas en conflit avec vos rituels (galets, frêne ou chêne, glands...). Si vous êtes plutôt divination, orientez votre choix en fonction de vos associations personnelles.

Prenez également en compte la taille de vos mains : si vous jetez vos runes, elles doivent pouvoir être prises facilement au creux de vos paumes.

2. Plus l'usage sera fréquent, plus vos runes devront être solides. Pensez-y lors des finitions en particulier.

3. En extérieur, choisissez un support capable de supporter l'humidité. Certaines runes en bois peuvent se fendre à force d'être jetées sur des surfaces humides, ou de passer sans cesse de l'intérieur à l'extérieur, à cause des variations de température.

4. Là, vous êtes seul à pouvoir décider !

5. On néglige souvent cet aspect, mais des runes en galets peuvent vite être lourdes ! J'ai abandonné mon premier jeu pour cette raison : je n'en pouvais plus de les sentir peser dans mes poches lors de mes balades forestières. Mes runes en chêne sont totalement imperceptibles au fond de mes poches !

6. Là encore, vous seul possédez la réponse.

11 - Intermède mythologique : Oðinn et le chaudron de poésie

Poème runique

Je n'ai pas l'ambition de corriger vos chants runiques, mais si vous séchez vraiment et avez autant d'inspiration qu'un bocal vide, voici quelques lignes de l'un des miens :

« Feoh (la richesse) va et vient entre nos mains,
Toujours plus haut pousse le grain. »

J'ai voulu ici souligner le pouvoir de croissance de la rune.

« Ur (l'aurochs) n'est que force et bravoure,
Après la nuit revient le jour. »

Ces vers me rappellent qu'on utilise Ur pour surmonter les épreuves.

« Þorn (l'épine) pique les doigts, les lèvres, les cœurs,
L'abeille est reine en sa demeure. »

Ici, il était question de mémoriser l'ambivalence de la rune : l'épine pique tout, sauf l'abeille qui sait comment s'en nourrir.

Kenningar runiques

L'épée de la rose → Þorn (qui signifie « épine » en vieil anglais)

Le sang de la Terre → Lagu (son nom évoque l'eau courante)

Le désespoir des moissons → Hagall (qui signifie « grêle »)

L'os des arcs → Eihwaz (qui signifie « if », le bois emblématique de fabrication des arcs)

Le cristal de l'hiver → Isa (qui signifie « glace »)

L'Ase manchot → Týr (qui est éponyme avec le dieu ayant eu la main tranchée par le loup Fenrir)

Le coursier des plaines → Ehwaz (qui signifie « cheval »)

12 - Les sigils

Comprendre un sigil

Si vous avez identifié Týr, Þorn et Eoh, bravo !

Ces runes nous parlent de victoire (Týr), de difficultés (Þorn) et de liens entre des personnes (Eoh). Vous pourriez donc employer ce sigil pour aider à résoudre un conflit en votre faveur ou sortir victorieux d'une dispute !

À vos sigils !

Il n'existe pas de réponse absolue, mais si vous êtes coincé, voici quelques idées :

1. 

2. 

3. 

13 - Les runes liées

Analyser une rune liée

Je vous l'accorde, il est difficile d'isoler les composants de ce sigil, mais les figures verticales de gauche pourraient évoquer Feoh avec des branches arrondies (qui signifie, justement, « bétail »), tandis que celles de droite font penser à la forme tardive d'Hagall, en forme d'étoile à six rayons (rune de « grêle » particulièrement néfaste pour l'agriculture, donc qui pourrait faire sens ici).

Mots mêlés

Ansuz : Le dialogue est la clef.

Daeg : Après la nuit vient le jour, ayez confiance.

Eiwhaz : La réponse se cache au plus profond.

Eolh : Il est temps de passer à l'action.

Feoh : La croissance est en œuvre.

Gebo : Il est bon de savoir aussi bien recevoir que donner.

Hagal : Tous aux abris !

Isa : Patience, le moment n'est pas encore venu.

Jera : La roue tourne, suivez le mouvement.

Kennaz : Ecoutez votre illumination intérieure.

Naudhiz : De quoi avez-vous réellement besoin ?

Peorth : Prêtez attention aux « coïncidences » autour de vous.

Raidho : Il est temps de bouger !

Sowilo : Utilisez votre énergie à bon escient.

Thorn : Qui s'y frotte s'y pique, vous voilà prévenu(e) !

Wunjo : C'est un grand « oui », profitez de ce moment béni !

15 - Clins d'œil runiques

Mots croisés

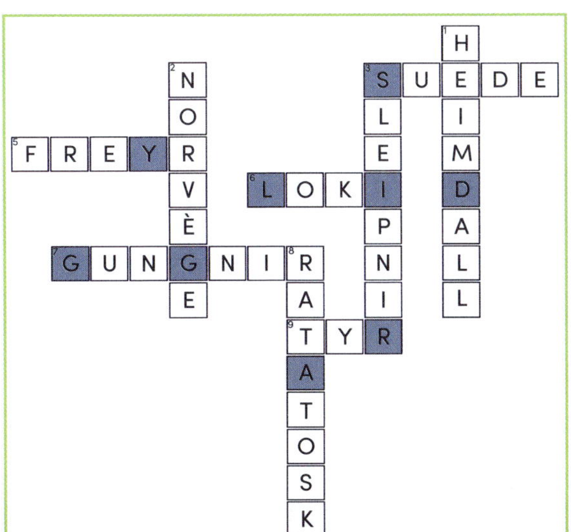

Verticalement :

1 – Patron de la seconde *aett*

2 – Pays du roi Harald à la Belle Chevelure

3 – Coursier d'Oðinn

8 – L'écureuil d'Yggdrasil

Horizontalement :

3 – Pays où se trouve le temple d'Uppsala

5 – Patron de la première *aett*

6 – « Dieu » chaotique volontiers malveillant

7 – Lance d'Oðinn

9 - Patron de la troisième *aett*

Réponse

Nom de l'Arbre du Monde : Yggdrasil.

16 - Fabriquer ses runes

Entraînement à la divination

1. Sōwilō met en lumière ce que Léopoldine pense de son entrée dans cette prestigieuse école : si elle décroche le concours, elle brillera, s'assurera une stabilité financière confortable, une vie professionnelle en apparence satisfaisante et les honneurs d'une victoire difficile. En revanche, Týr attire son attention sur le fait que cela représente également un sacrifice : pour accéder à cette victoire, elle devra, comme le dieu éponyme le fit, abandonner quelque chose de cher et de précieux : son art. Raidō l'encourage donc à ne pas se restreindre : cette rune de changement l'encourage à ne pas avoir peur de l'évolution et à continuer de chercher sa voie en suivant son intuition. Une meilleure option l'attend peut-être ailleurs, elle ne devrait pas se cantonner seulement à celle-ci mais élargir le champ de ses possibilités.

2. Ás indique que les atouts de Bartolomé résident essentiellement dans ses capacités de communication : il sait écouter autant que parler, s'épanouit dans les conversations riches et stimulantes, et cherche avant tout la compagnie des autres pour pouvoir échanger et partager. Naudiz, en revanche, met l'accent sur ses craintes et ses doutes : il manque cruellement de confiance en lui et a tendance à s'auto-saboter dans ses relations, ce qui l'amène à enchaîner les déceptions. Feoh l'encourage à se sortir de ce cercle vicieux : il a beaucoup de choses à apporter aux autres et doit se défaire de ses doutes pour entamer un nouveau départ sur des bases plus fertiles.

17 - Intermède mythologique : Týr et le loup Fenrir

Vrai ou faux ?

1. Faux. Ils employaient la version à 16 signes, le Fuþark récent.

2. Vrai. Même s'il faut toujours prendre garde à ce que l'on ingère, même symboliquement, des runes comme Lagu, Ur ou encore Dæg peuvent aider à se remettre d'une petite maladie.

3. Faux. Naturellement, on ne peut pas utiliser les runes sans connaître leurs origines et la mythologie en lien avec elles, mais rien ne nous oblige à adhérer à ces croyances.

4. Faux. Même si on sait que les vikings étaient probablement tatoués (de motifs géométriques ou figuratifs), aucune mention ni trace archéologiques de runes ne sont attestées pour les tatouages.

5. Vrai… et un peu faux. En effet, certains sons de notre langue ne peuvent être transcrits à l'aide des runes, il faudra donc opérer quelques ajustements !

6. Faux. Même si certains choisissent de faire varier le sens des runes inversées, cela n'inverse pas leur signification pour autant, mais la nuance. De plus, certaines runes ont le même aspect dans les deux sens et ne peuvent donc s'inverser !

7. Faux. Wyrd est une invention très récente, datant des années 1980, et n'est en aucun cas une rune, car l'espace n'a

Corrections

aucun sens dans ce système : le Fuþark s'écrit sans espaces, avec des points ou des tirets pour séparer les mots.

8. Vrai. De nombreux textes attestent de ces pratiques, notamment les Hávamál et les Sigrdrífumál (dans *L'Edda poétique*).

9. Faux. Même s'il est vrai que c'est le plus usité, il est tout à fait possible d'utiliser les autres Fuþark pour la divination : n'oubliez pas que c'est de toute façon un usage moderne des runes.

Jeu à relier

1. Générosité
2. Imprévu désagréable
3. Sacrifice nécessaire
4. Généalogie
5. Faveur divine
6. Poésie
7. Purification de l'âme et du corps
8. Force brute
9. Humanisme

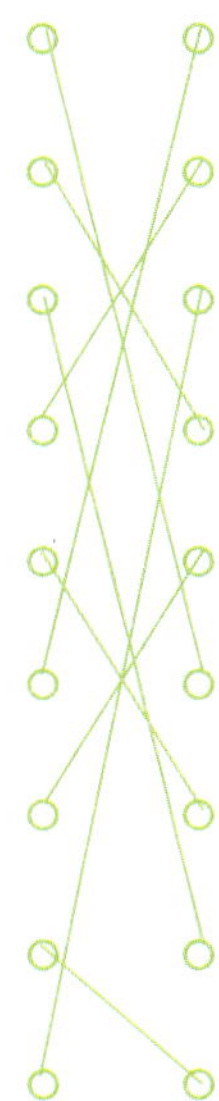

ᚨ
ᛟ
ᛗ
ᚺ
ᛚ
ᚷ
ᛉ
ᛏ
ᚢ

À chaque situation, sa rune !

1. Ōþalan
2. Wunjō
3. Peorð
4. Isa
5. Ing
6. Ken
7. Raidō
8. Feoh
9. Ás

Notes personnelles

À propos de l'auteure

Païenne et sorcière française perdue entre prairies et forêts, Lyra Ceoltóir est une amoureuse des herbes, des cristaux, des traditions slaves, nordiques et celtiques. Auteure de l'*Oracle des Runes*, elle est également **cartomancienne** et est à l'origine de la chaîne LyraCeoltoir sur YouTube. Passionnée d'histoire et de mythologie, elle utilise les runes au quotidien dans sa pratique depuis plus de vingt ans.

Crédits iconographiques :

Les **illustrations** de cet ouvrage ont été réalisées par **Stéphanie Gras**, à l'exception des suivantes :

Page de titre : iStock/Marje (fond aquarelle), iStock/Anna_zabella (panneau en bois), iStock/aleksandarvelasevic (végétation), iStock/JDawnInk (feuilles).

Toutes les pages de leçons-chapitres : iStock/Marje (fond aquarelle), iStock/Stefan_Alfonso (mouette), iStock/Gastonbolivario (coquillage), iStock/Ceneri (avion).

Toutes les pages d'exercices : iStock/Marje (fond aquarelle), iStock/aleksandarvelasevic (mouettes), iStock/Gastonbolivario (coquillage), iStock/kbeis (feuilles).

Toutes les pages corrections : iStock/Marje (fond aquarelle), iStock/Gastonbolivario (coquillage).

Toutes les pages annexes : iStock/Marje (fond aquarelle), iStock/S-E-R-G-O (planche de surf, panneau, cordes et feuilles), iStock/Stefan_Alfonso (mouette), iStock/Gastonbolivario (coquillage), iStock/pijama61 (végétation), iStock/Anna Erastova (effets traces) iStock/SirVectorr (coquille spirale).

4e couverture : iStock/S-E-R-G-O (panneau et cordes), iStock/Iana Kotova (motif feuilles).

Pages spécifiques : p. 55, extrait de FLOWERS (Stephen E.), *The Galdrabók : An Icelandic book of magic*, éditions Rûna Raven Press, Smithville, 2005 (sortilège 27) ; p. 64 Lyra Ceoltóir (photo).

Glossaire

Ase (dieu) : catégorie de dieux dont les attributions sont basées sur les principes de souveraineté, de spiritualité et d'aspects guerriers.

Edda : compilation de textes poétiques. Il en existe deux manuscrits, datés du XIIIe siècle, l'un composé par l'historien islandais Snorri Sturluson, résumant la mythologie scandinave (surnommé *Edda en prose*), l'autre composé de poèmes d'auteurs disparates, d'origine plus floue, que l'on appelle *L'Edda poétique*.

Galdr (pluriel ***galdar***) : magie par incantation chantée, généralement composée à l'aide de l'écriture runique.

Hamr : dans la religion des anciens scandinaves, le *hamr* est l'un des cinq constituants de l'humain, représentant la conscience du vivant (il est possédé par les humains comme par les animaux). Capable de se dédoubler de son être, il prend parfois la forme d'un animal.

Heiti : figure de style semblable à la métonymie (remplacement d'un mot par un autre qui lui est lié par une association d'idée) typique de la poésie scaldique.

Hugr : dans la religion des anciens scandinaves, le *hugr* est l'un des cinq constituants de l'humain, représentant le mental, propre à l'humanité, notamment via la pensée, la mémoire, la logique et la concentration.

Kenning (pluriel ***kenningar***) : figure de style semblable à la périphrase, typique de la poésie scaldique.

Örlog : destin, défini par les Nornes (déités filant la vie des êtres au pied d'Yggdrasil).

Seiðr : pratique magique encore mal comprise, généralement apanage des femmes, sous l'égide de la déesse Vane Freyja, basée sur la transe, la divination, la métamorphose et la perception du destin (örlog).

Sigil : du latin *sigillum*, « signature », un sigil est un sceau ou un symbole combinant plusieurs éléments afin de représenter un but ou une intention magiques.

Vane (dieu) : catégorie de dieux dont les attributions sont basées sur les principes de fertilité/fécondité.

Völva : (pluriel ***völur***) sorcière prophétesse dans la religion scandinave ancienne, pratiquante du *seiðr* et du *galdr*. L'immense majorité était féminine, même si quelques rares hommes (le dieu Oðinn en tête) s'y sont parfois adonnés.

Bibliographie

ANTONSEN (Elmer H.), *A concise Grammar of the Older Runic Inscriptions*, éditions De Gruyter, Boston, 1975.

BOYER (Régis), *L'Edda poétique*, coll. « L'espace intérieur », éditions Fayard, Paris, 1992.

________, *La Saga de Sigurdr ou la parole donnée*, éditions du Cerf, 1989.

________, *La Vie quotidienne des Vikings (800 – 1050)*, éditions Hachette, Paris, 1993.

________, *Yggdrasil, la religion des anciens scandinaves*, éditions Payot, Paris, 2007.

________, *Les Vikings*, éditions Robert Laffont, Paris, 2008.

________, *Le Monde du double, la magie chez les anciens scandinaves*, éditions Berg International, 2014.

CONTON (Julie), *Les Runes, écriture sacrée en Terre du Milieu*, éditions Mémoires du Monde, Cordes-sur-Ciel, 2012.

DICKINS (Bruce), *Runic and heroic poems of the old Teutonic peoples*, éditions Cambridge University Press, Cambridge, 1915.

DILLMANN (François-Xavier), *Histoire des rois de Norvège*, coll. « L'aube des peuples », éditions Gallimard, Paris, 2000.

DUMÉZIL (Georges), *Mythes et dieux de la Scandinavie ancienne*, coll. « Bibliothèque des sciences humaines », éditions Gallimard, Paris, 2000.

________, *Loki*, coll. « Nouvelle bibliothèque scientifique », éditions Flammarion, Paris, 1992.

GRAMMATICUS (Saxo), *La Geste des Danois* (trad. J.-P. Troadec), coll. « L'aube des peuples », éditions Gallimard, Paris, 1995.

FADLAN (Îbn), *Voyage chez les Bulgares de la Volga*, éditions Sindbad, Paris, 1988.

FLOWERS (Stephen E.), *The Galdrabók : An Icelandic book of magic*, éditions Rûna Raven Press, Smithville, 2005.

LÖNNROT (Elias), *Le Kalevala, l'épopée des Finnois* (trad. G. Rebourcet), coll. « L'aube des peuples », éditions Gallimard, Paris, 1991 (2 volumes).

MUSSET (Lucien), *Introduction à la runologie*, éditions Aubier Montaigne, Paris, 1992.

STURLUSON (Snorri), *L'Edda, Récits de mythologie nordique* (trad. F.-X. Dillmann), coll. « L'aube des peuples », éditions Gallimard, Paris, 2000.

________, *Histoire des rois de Norvège*, coll. « L'aube des peuples », éditions Gallimard, Paris, 2000.

TACITE, *La Germanie*, éditions Arléa, Paris, 2011.

VRIES (Jan de), *L'Univers mental des Germains*, éditions du Porte-Glaive, Paris, 1988.

Dans la même collection

Broché 17 x 24 – Illustrations couleurs – 6,95 €

Le tarot de Lilith Tarot

Approfondissez, avec humour et légèreté, certaines notions qui, bien que sortant de l'ordinaire, peuvent radicalement changer votre interprétation du tarot. Amis débutants, pas de panique, quelques révisions vous permettront de prendre le train de la créativité et du développement personnel en marche...

À moi le bonheur de Chloé Bonfill

Ce cahier ne vous propose pas de trouver LE bonheur, mais VOTRE bonheur, celui qui vous ressemble. La pleine conscience, l'amour, les besoins, les célébrations, l'audace : chaque chapitre explore un des nombreux ingrédients du bien-être afin que vous puissiez y goûter dès maintenant.

L'astrologie de Caroline Moye

Que nous soyons sceptiques ou sensibles aux astres, l'astrologie intrigue. Ce cahier lève le voile et répond - avec humour ! - aux questions que vous vous posez. Découvrez l'histoire de l'astrologie, la polarité des signes ; élaborez votre thème astral et apprenez à vous connaître grâce aux étoiles !

La lithothérapie d'Amandine Forestier

Profondeur des couleurs, formes, propriétés et même pouvoirs, les cristaux renferment bien plus de secrets qu'on pourrait le penser ! Munissez-vous d'un stylo et consolidez vos acquis tout en vous amusant ! Que la puissance des pierres soit avec vous !

La numérologie de Denis Schneider

Tout le monde connaît son signe astrologique, mais savez-vous tout de votre chemin de vie? Venez explorer le côté semi-obscur ou clair-obscur des nombres premiers! Armé de ce cahier – et d'une calculatrice –, balayez vos *a priori* et partez à la découverte des mystères que recèle la numérologie.

Jeux de l'été (collectif)

Ce cahier unique en son genre, et dont le dessein n'est autre que de vous divertir entre deux pauses farniente, vous invite à tester et approfondir vos connaissances en matière d'astrologie, de numérologie, de magie, de divination, de runes, de médiumnité... Boostez votre savoir... tout en vous amusant !

Dans la même collection

Broché 17 x 24 – Illustrations couleurs – 6,95 €

L'intuition de Johanna Hani

Profitez des beaux jours et des ondes positives qui en découlent pour apprendre à repérer les signes et à faire confiance à cette petite voix que vous vous efforcez si souvent de faire taire. Grâce à ce cahier, finissez-en avec les idées reçues sur l'intuition et apprenez à dépasser vos blocages

Féminin sacré d'Emma Grillet

À travers des jeux et des exercices ludiques, retrouvez votre puissance de femme, menez des actions concrètes pour accomplir vos envies, accepter vos erreurs, exprimer qui vous êtes, développer votre créativité, écouter votre corps, le chérir, le respecter, et faire des autres femmes des alliées au quotidien.

Booster sa spiritualité de Leona Reading

Ce cahier vous accompagne dans un cheminement sincère et authentique afin que vous puissiez vous connecter à vous-même, aux énergies et à l'Univers pour créer une vie qui vous fait vibrer. Une mise en pratique fun, ludique mais surtout utile. Vivez enfin une spiritualité heureuse au quotidien !